大人の流儀8

a genuine way of life by Ijuin Shizuka

誰かを幸せにするために

伊集院 静

講談社

誰かを幸せにするために　大人の流儀8

誰かを幸せにするために

人は誰でも自分のことが可愛い。

それはごく当たりまえのことで、そうでなければ、自分を大切にしたり、向上心というものもなくなってしまうだろう。

私は少年の頃、突拍子もないことをしでかすところがあり、身体が傷付いたり、汚れだらけで遊んでいても平気だった。母は私のそんな姿を見て驚き、

「どこで何をして来たの？」

と洗濯場で私を素裸にし、身体を洗い、傷口に軟膏を塗ってくれた。

母はそんな私の性格を心配し、二人きり（六人兄弟だった）になると、いろんな話をしてくれた。その話の中のひとつに、寒い北国の峠道のトンネルの話があった。雪が積も

る季節になると峠を越えようとした家族が崖の道から落ちて親子が亡くなったり、家路にむかう父親が凍死したりしたという。それを知った一人の若い僧が鉄杭と槌だけで大岩を砕きはじめ二十数年の歳月、猛暑の夏も、吹雪の冬も黙々と目前の岩を砕き続け、トンネルをこしらえた。峠のむこうの陽差しが見えた朝、僧は息絶えた。

「偉いお坊さんでしょう？」母は言った。

「バカな坊主じゃ」私は言った。

「そうかしら……」と母は笑った。

「そうに決まっちょる。死んでしもうたんじゃから」

僧は死んだが、そののち多くの人の命が救われた、という考えに至らぬ、私は少年だった。

少年は青二才になり相変らず喧嘩ばかりをしていた。

二十歳の夏、青二才は弟を海難事故で亡くした。海底から浮上して来た弟を海に飛び込み、抱いて船べりまで泳いだ折の、波に洗われる弟の顔が涙に濡れているように見えた光景は今でも忘れない。無念だった。なぜ弟だけが、こんな目に遭わねば、と憤怒した。通夜の席で父と母の背中があんなにちいさかった記憶も消えることはない。

三十五歳の秋、遊び耄《ほう》けていた男は若い妻を病気で亡くした。訳がわからなくなった。怒りがおさまらず、酒とギャンブルに溺れ、強靭だけが持ち前の身体は痩せ衰えた。

今、私は平然と生きている。極楽トンボ。ぐうたら作家と呼ばれても気にもとめない。阪神大震災で友を亡くし、東北大震災は只中に居て、多勢の死を眼の当たりにしたが、それでも、平然と生きている。

――なぜか？

それは、生きよ、という声が聞こえる気がするからである。

――誰の声か？

それは、別離した人たちの声である。実際に聞いたことはない。それでも声はどこかでしていると信じている。そうでなければ、泣いたり怒ったりしたあの辛い時間をどうして与えられたかがわからなくなるではないか。

近しい人の死は、生き残った者のためにある。それは近しい者でなくてもかまわぬ。

世間とは、浮き世とは、人間の生き死にとはそういうものだと思っている。

二十数年前、旧友の息子に逢って欲しいと言われた。聞けば、様子がおかしいと言う。彼が子供の時分に逢った。死にたいと口にするらしい。らしいは一晩でおかしくなる。

私は青年に言った。

「俺が止めても、死ぬ時は君は死ぬだろう。なぜだかわかるか？」青年は首を振った。

「それは死ぬ方がラクだからさ。生きることの方が苦しくて辛いに決ってるよ。俺は手前のことさえよくわからん男だが、俺から君に言えることはひとつだ。ラクと苦しいのどちらかなら、苦しい方を選べ。それが、今はまだ弱虫かもしれない君が、唯一できる人間らしいことだ。それでも、平然と生きなさい」

幸か不幸か青年は生きて、先日、七五三の写真も見せられた。皆笑っている写真だ。

過ぎてしまえば笑う時間も訪れる。それが人間の生き死にである。死んでしまいたいと思わなかった人はいない。そうでない人はよほど天の恵みを受けたのである。天がわかりにくいなら、誰かの恵みでもいい。

人は誰でも自分のことが可愛いと書いた。

それでいいのである。それでも生き続ければ、それだけで誰かを救っているのかもしれない。〝誰かをしあわせにするために〟いくら何でも言い過ぎだろう。そんなこといちいち考えていたら、酒場にも、喫煙所にも行けませんよ。まったく何を考えているのだか……。

六十数年前、母はバカな息子に言った。

「そうかしら……」

彼女の言わんとしたことが、少しわかる気がする。つくづくこの作家はノンキだ。

二〇一八年十一月

仙台にて

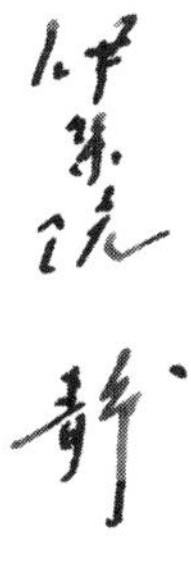

誰かを幸せにするために　大人の流儀8［目次］
a genuine way of life by Ijuin Shizuka contents

帯写真◉宮本敏明
挿絵◉福山小夜
装丁◉竹内雄二

第一章

誰かを幸せにするために

三十三年目の秋に

このところ左目の疾患で都内の大学病院へ月に二度通っている。

少しの時間だが病院の中にいると、さまざまなことがよみがえった。当たり前のことだが、病院関係者以外は、身体のどこかに疾患のある人、もしくはその患者の家族がいる。そうしてその人たちのなにげない動き、仕草、表情に、不安をかかえている人間の特有なものが伝わって来る。

それぞれかかえている病いは違うのだろうが、人が不安とむき合っている表情にはどこか似たものがある。

年配者が多いが、時折、幼ない子供、少年、少女の姿を見る。彼等の顔に浮かんだ不安を見てしまうと、思わず目を伏せてしまう。

それでも〝頑張るんだよ〟と胸の奥でつぶやいてしまう。手を差しのべてやりたいが、病院の中で、医師でない者は無力である。安易に「頑張って」などと声をかけることははばかられる。

……あの年は雨が多い年だった。

八月に御巣鷹山に飛行機が墜落し、多くの犠牲者が出て、病院の待合室に置かれたテレビでそのニュースを正視できなかった。ニュースに見入れば、私の顔に不安な表情が浮かんでしまいそうだったからだ。

そんな時、私は病棟の洗面所へ行き、鏡の中の自分の顔を覗《のぞ》いた。あとにも先にも、人生の中で鏡に映る自分の顔を何度も見たことはない。私は鏡の中で笑顔を作る練習までした。

ものごころついてから、私は人前で笑うことができなかった。不器用だったのである。今でもそうだが、人前に出ると顔が強張《こわば》り、眉間にシワが寄り、怒ったような表情になってしまう。

病室で待つ、その若い娘さんと二人きりで過ごすようになった時、突然、言われた。

「提案があるんですが」

「何だね?」

「私といる時はなるたけ笑っていて下さい」

私は彼女が何を言っているのか、すぐに理解できなかった。

「どうしてですか?」

「笑ってるときっとイイコトが来ます」

「私は、男は人前でヘラヘラするなと言われて来たんだ。面白くもないのに笑えない」

「あなたが笑ってくれていたら、私は一番嬉しいんです」

「…………」

その日から、時折、私は彼女に笑う練習をさせられた。よほど笑うのが下手だったのだろう。彼女は私の顔を指さし、腹をかかえて笑い出した。

「ハッハハ、それ、ぜんぜん笑ってない。もうダメ、苦しい〜」

その彼女が病魔と闘い、あの夏、入院日数も二百日になろうとしていた。

私は何が何でも、彼女を生きて鎌倉の家へ帰させると決め、仕事を休み、病室に付き添っていた。若い娘にさせるようなものではない治療薬の投与の日々もあった。そんな日は病院の近くの居酒屋で、怒りを押し殺して酒を飲む夜もあった。

そんな日々の中で、唯一の救いは、彼女がいつも笑っていたことだった。ぎこちない顔で病室に入る私を見て、彼女は「ほら練習したとおりにしてみて下さい。あっ、そうそう、上手くできてるよ」

もしあの笑顔がなかったら、二百九日という日々は、どんなに切ない時間になっていただろうかと思う。

今年の秋で、三十三年目を迎える。

大学病院にいると、それらの日々が、昨日の出来事のようによみがえって来る。

知らん振りをしてやり過ごすようにはしているが、夏の終りの雨垂れを病院の窓から見ていると記憶は容赦なく背中を叩く。

二日前の午後、病院の窓辺で雨を見つめていて、私は、突然、声を上げた。

「そういうことだったのか……」

あの日々、私が病室に入る度、彼女は私を笑って見返した。どんな時でも笑っていた。

あの笑顔は、彼女が楽しくて、そうしていたのではないはずだ。

彼女は私の気持ちを動揺させたり、落ち込ませまいと病室で決心をしていたに違いない。

まだ二十歳代の若い娘が、苦しい時、嘔吐《おうと》を繰り返していた時でも、私が病室に入ると笑ってくれていた。

「そんなことができるはずがない」

私は雨垂れを見ながらつぶやいた。

――あの笑顔は、すべて私のためだったのだ。

彼女は自分が生きている間は、このダメな男を哀しませまいと決心していたに違いない。

人間は誰かをしあわせにするために懸命に生きるのだ。

あの人の面影

子供たちが夏休みに入ると、切ない話だが、海や川で、毎年のように若者、子供の事故、災難のニュースが入って来る。

そのほとんどが、まさか、という事情をかかえている。家族は哀しい夏を送る。

とくに、我が子を亡くした親は、なぜ、あの子が、どうして？　と自問する。やがて、どこか自分に、自分の行動に落度があったのでは、とあらぬことまで考えはじめる。

それが親の気持ちというものである。

できれば替わってやりたかったと思う。

四十数年前に、私の生家から近いちいさな海で、私の弟が海難事故で亡くなった時の、両親の姿を私は今でも鮮明に覚えている。

山のように（子供の私から見ると）大きかった父の背中が、あれほどちいさく、物悲しい姿に見え、気丈で、明るい母が消え入りそうな姿になっていた。

同じ姿を、今年も日本のあちこちで見ることを考えると、人の死は、普段、私たちが暮らす、すぐ隣りにあるのを再認識する。

残された家族の哀しみは、他人にはなかなかわからないし、わかるものではない。

見守るしかない。しかし見守ることの大切さは、同じ経験をした人ならわかるのである。

私の弟も生きていれば、すでに還暦を越えている。冒険家になりたかった（弟の日記を読んでわかったのだが）彼が、生きていればどんな男になっていたろうか、と考える時がある。冒険家になっていたかどうかはわからないが、私と違ってこころ根のやさしい少年であったから、おそらく母のそばで生きていたように思う。そうして時々、上京して、

「兄さん、もう少しちゃんと生きないと」

と叱られていただろう。

亡くなった子供の齢を数えるな（そうしてみても仕方がないことをするなの意）と言うが、本当である。

なぜ自分が生き残って、あいつが死んでしまったのか、という問いは、愚問でしかない。

それでも人は、その愚問をくり返す。問うても仕方のないことを、問うてしまう。

哀しみをやわらげてくれるのは、一番は時間である。〃時間がクスリ〃とはよく言ったものだ。

とてもではないが、こんな苦しみ、痛みからはどうやっても逃れられないと思っていたことでさえ、一年、三年、十年と歳月が過ぎれば、笑うことも、空にむかって伸びをして、さあ今日もガンバルゾ、とできるようになる。しかしそれは哀しみを忘れたことではない。起こってしまったことは、その人の身体のどこかに残っている。

歳月が、時間が、生きる術を身に付けさせたのである。

以前私は、この連載の中で、たとえ赤ん坊であっても、誕生したものには、必ず喜びがあったはずだと書いた。三歳に満たない赤チャンでさえ、喜びが、四季があるのが、人間の生だと思っている。

人間は、事故や、病気で死ぬのではなく、寿命が死を迎えさせるとも書いた。

そう考えないと、別離して行った人たちの生が切な過ぎるし、その人たちの生の尊厳を失う。生きているというだけで、讃えられるべきものが生だとも思っている。

先日、ひさしぶりに湘南の海へ、ヨットで出た。

天気も良く、風を帆にうけて水上を滑るように進む折の、肌に当たる海風の感触は素晴らしいものだった。

油壺から沖合いに出ると、江ノ島が霞《かす》んで映り、あのむこうに富士山が見えるのだろうナと、かつてこの海で遊んでいたことがよみがえった。

腰越から、材木座、小坪トンネル……と視覚では霞んでしまっている渚の風景を思い返していると、ふいに不安になった。

理由はわかっていた。

七年間、暮らしていた今はない〝なぎさホテル〟の建物が思い浮かび、そこで過ごした前妻との夏の風景があらわれたからだ。

そんな時、私は空を見上げるようにしている。イイ天気ダナ――、とつぶやく。何事もなかったような顔をする。それでも面影は忍び寄るものだ。

近しい人を亡くした人に私が言えるのは、何でもない時に別離して行った人の面影があらわれたら、その人の笑っていた時の顔や、楽しそうな姿を思い浮かべることをすすめたい。

「本当に明るい人だったナ――」

いつか必ず、そういう日が来るものだ。

悲しみの淵で

今朝方、北海道で大きな地震があった。

珍しく徹夜で原稿を書いていたので、地震発生から、夕刻〝平成30年北海道胆振東部地震〟と名前が付けられるまでのニュースを聞く（テレビは仕事机の後方にあるので音声を聞くだけになる）ことができた。

少しずつ被害の実態があきらかになると、7年前の東北大震災とよく似ていると感じた。

大停電になったのは、電力会社の失態であろうが、停電になったことで北海道の人たちがどんな地震で、何が起きているのかさっぱりわかってない点が3・11と似ていた。

「テレビも見られないので何が起こっているのかわからないので、不安でしょうがない」

と避難所に入った男性が言っていた。

それは不安だろう。

3・11の時、東北にいた人たちは、津波で自動車が堤防を越えて流されている映像を誰一人見ていないのである。悲惨な街の姿を見るのは一ヵ月も先のことだ。災害にしても、戦争にしても、巻き込まれた人たちは、その実態を知らないのが本当のところだろう。

何十年振りにやって来た大型台風が過ぎた直後の地震だから、暗がりの中で人々はただうろたえるだけであったろう。

今夜もおそらく徹夜になるだろうから、明朝、そして三日後、一週間後、被害者の数も被害実態も少しずつ判明し、亡くなった人への愁傷の気持ちが増すに違いない。

山津波という言葉がある。山が一瞬にして崩れる現象を言うらしい。どんなものかは知らぬが、言葉があるのだから、過去にそういうことがあったのだろう。

自然の災害ほど憤りの、怒りの拳をどこへむければよいのか、戸惑うものはない。

ニュースを見ていて驚いたのが、災害時の準備をほとんどの人がしていない点だった。非常用の電燈も、手動式充電のラジオも用意していない。医療機関も災害時の自家発電の準備をしていない。あわてて買物の列に並ぶ人の姿に、テレビによって得た情報、学んだはずの教訓は、やはりどこか他人事のように映るのだろうか。

昼間、仙台の家人から連絡があった折も、彼女がタメ息混じりに言っていた。

「こんなに多勢の人が災害用の準備をしていないのね……」

私たちは3・11でさまざまなことを学んだので、東京の常宿の私の部屋にも災害用のリュックサックが置いてある。半年に一度は中身の確認もする。

いつやって来るかわからないものに備える作業は、その人自身が災害のおそろしさを経験していないと、わざわざやる人はいないのだろう。人間は少しでも、それが他人事と感じると、敢えてそれをしない生きものだ。

私は備えをしないことを悪いと言ってるのではない。人間はそういう生きものにできていると思っているだけだ。

私は、自分の周囲だけのことで言えば、他の人より、若い時代から家族、友人と死別した数が少し多い。その別離はどれも仕方のなかったことだった、と今は考えているが、その現場、臨場に身を置いていた時は、なぜ弟だけが、なぜ若い妻が、と憤り、気持ちがすさみ、絶望感を味わった。しかし時間が経つと、自分だけがそんな目に遭っているのではなく、誰しもがかたちの違いこそあれ、悲しみを背負うものだとわかって来る。

亡くなった人の死は生き残った人のためにもあることを知る。厚真町ではこれから悲しい別れが続くだろう。そのニュースをマスコミは流す。どんな報道をしても当事者は、そんなこととは無関係に、悲しみの淵に立ち続ける。それでも私は言いたい。その人の死はあなたのしあわせを見守ってくれているのだと……。

誰かのために生きる

夏の甲子園、高校野球は大阪桐蔭高校が二回目の春夏連覇で幕を閉じた。西谷浩一監督も、よくあれほどの選手をひとつにまとめ上げたものである。しかしあのようにワンサイドのゲームを選手が覚えると、これからが大変だろう。
敗れたものの準優勝の金足農業高校の奮戦振りは目を見張るものがあった。秋田の人はさぞ喜んだことだろう。
今大会は百回記念ということでさまざまな催しが行なわれた。中でも毎日、始球式が用意され、これまで甲子園大会で活躍した名選手が白球を手にマウンドに立ち、その姿を見せたので観客は大会の歴史を追憶できた。
それぞれの選手の姿を見たが、私にはやはり初日の松井秀喜さんの姿が印象的だった。

数年に一度、逢って様子を聞いてはいるのだが、あのように満員のスタンドに彼が立つと観客の興奮振りが、テレビの画面を通してさえ、たしかに伝わって来て、

——ああやはり松井秀喜という人は日本人が無条件で支持するスターなのだ。

とあらためて彼の存在の大きさを再確認した。

普通、グラウンドに立つユニホーム姿を見なくなると、スター選手であってもほとんどの人は、その印象が薄れ、忘れ去られてしまうものだ。そうでないスター選手はわずかしかいない。日本球界なら、長嶋茂雄、王貞治の二人だろう。

あの始球式のスタンドの興奮振りを見ていて、彼はONに間違いなく続く存在なのだと確信した。

松井氏から今夏は例年より長く日本に滞在すると連絡があり、七月のうちに一度ゆっくり話をした。

私はその折、今までにない印象を彼に抱いた。いつものように礼儀正しく、話し、笑う仕草も同じなのだが、どこかが違っていた。

——何だろう？

私は少し沈黙してみた。彼も黙っている。

なのにそこにやわらかな空気のようなものが漂い続けていた。

——そうか、大人になったのだ……。

「何歳になられましたか？」

「四十四歳です」

もう十分に現役とは違う仕事をしているという気配がした。

彼は今、ニューヨークヤンキースのGM補佐という肩書きで、マイナーの選手の指導にあたっている。

「滞在中はずっと東京ですか？」

「いや一度、ニューヨークに戻ります」

聞けばメジャーのドラフト会議の直前に、ヤンキースのマイナーに所属する選手たちの次の一年、今後の方針を決定する会議に出席するためだと言う。こう書くと日本の二軍選手の整理の会議に聞こえるが、それは違う。ヤンキース配下のマイナーの選手だけでチームは百億円以上の契約をしている。

「伊集院さん。ヤンキースのマイナーではメジャーに昇格できなくても他のチームに移籍させれば十分メジャーで活躍できる可能性のある選手が何人もいるんです。彼等の将来のためにもきちんと指導をしないといけないんです」

会議は数人で行なわれるらしい。すでにマイナーの指導をして三年が過ぎている。その間、松井に指導を受けた三人の野手がメジャーに昇格し、一人は去年の新人王とホームランキングとなった。松井のコーチングはチームから絶大な信頼を得ている。

将来、ヤンキースの監督もあり得るのか？

そこは私にはわからないが、それもひとつの道であろうが、日本のプロ野球の指導者になることも意義のある人生だろう。

かつて私は松井さんの半生を取材し、それをアメリカで出版したことがあった。

取材で得たものにはいくつもの輝くものがあったが、私が印象に残ったもののひとつに中学野球部の高桑充裕コーチの思い出がある。

「中学三年の最後の試合が夏に終って、僕は部室に置いていた野球道具を取りに行ったんです。夏休みで、チームも数日練習が休みになるんです。部屋を出ようとすると、誰もいないはずのグラウンドにぽつんと人影が見えたんです。あれっ、誰だ？　何をしてるんだ？　とよくよく見ると、コーチが一人でグラウンド整備をしてるんです。炎天下で一人っきりです。そうかコーチは毎年、こうしてたんだ、と思うと黙ってお辞儀をして帰りました」

コーチいわく、「何でもないことです。グラウンドを整備しながら、新チームはどんなふうにしたいとか思うんです。それに石コロひとつで選手に怪我をさせたくありませんから」

世の中は、目に映らない場所で、誰かが誰かのためにひたむきに何かをしているものだ。目を少し大きく見開けば、そんなことであふれている。今は目に見えずとも、のちにそれを知り、感謝することもあるのだろう。己のしあわせだけのために生きるのは卑しいと私は思う。

己以外の誰か、何かをゆたかにしたいと願うのが大人の生き方ではないか。

平気なわけじゃないんだ

この頃は、男が人前でよく泣くそうだ。

——まさか、そんなには泣くまい……。

と思っていたが、先日、日本男子プロゴルフトーナメントで勝利した若手が、優勝インタビューで当たり前のように泣いていた。

そんなに簡単に涙が出てくるものなのだろうか。男子は、ガキの頃なら泣くこともあるだろうが、十歳を過ぎれば、まず人前で涙を見せることはない、と私は思っていた。

M夫は私のガキの時代からの古い友人で、早くに父親を亡くし、母親の手ひとつでM夫と二人の妹を育てていた。M夫の母親は、近所でも評判の〝肝っ玉母さん〟で、夜明けは沖へ出る漁船の出航を手伝い、昼中は駅のホームで弁当売りをし、夜はキャバレーで働いていた。キャバレーと言っても彼女はホステスではなく、男子従業員と同じ黒のスーツで蝶ネクタイをして酒やツマミを運んでいた。男、顔負けの偉丈夫で、ガキの私たちも彼女には一目置いていた。

母親の肝をもらったのか、M夫も性根が強かった。腕っぷしも強く、上級生相手でも引かなかったし、喧嘩も強かった。強いはずで、あの頃、負けた、と口にするか、逃げ出した方が負けることだったので、M夫は負けたと決して言わないし、逃げることもしなかった。勝つまでやるか、相手が、もういい加減にしないか、と言い出すまで踏ん張った。

中学校の高学年になり、夏休みの間、海岸の埋立地に置かれた材木商の材木を運ぶアルバイトに二人で出かけたことがあった。

私もM夫も何か欲しいものがあったのだろう。二人とも家からは小遣いは一銭ももらえなかった。

或る午後、南方材《なんぽうざい》（ラワンなどの輸入木材をこう呼んでいた）をトラックから降ろそうとした時、ロープが切れて荷台からM夫にむかって落下した。一瞬のことだった。親方が、大丈夫かと駆け寄った時、M夫は右腕を左手で抱くようにしていた。見ると白い小刀《こがたな》のようなものが肘のあたりから飛び出していた。

骨だった。親方がすぐに右腕を引っ張ったが骨はおさまらない。

「医者だ。いや柔道場の先生の所だ」

トラックの荷台にM夫は横たわり、埃の道を疾走した。M夫の顔が歪んでいた。

あらわれた先生は顔色ひとつ変えず、M夫の右手を引っ張り、傷口に指を入れ、骨を中に押し込んだ。その間中、M夫は目の玉を剝き出して、治療する柔道着の先生を睨んでいた。

「ヨオッシ、これで大丈夫だ。肉の縫い合わせは病院でやれ。坊主、よう踏ん張ったの」

病院へ行き、傷口を縫い、港へ戻るトラックの荷台で、親方がM夫に言った。

「ようベソを掻かなんだ。たいしたもんだ」

私も親方の言葉にうなずいた。自分ならとっくに泣いていた。私は言った。

「M夫、痛いんか？　おまえよう泣かんで」

するとM夫は戸惑った目をして言った。

「そら痛いが、泣き方がようわからなんだ」

それを聞いていた親方が大声で笑った。

「われは面白いガキじゃ。ワッハハ」

私が釣られて笑い、M夫も白い歯を見せた。

今でも、あの夏の日を思い出すと、妹たちの面倒をみていた頑張り屋のＭ夫の性根の凄さを思い出して、感心する。そして同時に、Ｍ夫が真面目くさって言った一言が、Ｍ夫の右腕が失くなるのではと心配していた私の気持ちをいっぺんに吹き飛ばしたのだろうと思う。

生きることは、時折、残酷であったり、悲惨な状況に身を置かねばならぬことがある。そんな時、意図などはないのに、深刻な場面をやわらげてくれる人間の奇妙な行動がある。

それはユーモアという一言では言いあらわせないのかもしれないが、たしかに、そこに身を置いた人々のこころをなごませる力が、ユーモアの類いにはある。

懸命に何かをすればするほど、人間の行動が滑稽に映ることは、よく言われることだが、哀しみを常にともなうのが人間の生であるのなら、ユーモアが時折、顔を出す生き方は大人の男には必要なことではなかろうか。

今朝、上京する前に、私が少し左足を引きずるようにしていると、どうしたの？　と家人が訊いた。一ヵ月近く右足の小指が痛い、と言うと、私の左右の足の指を見て、右の小指が左の倍以上に腫れてますよ。どうしたの？

「知らんよ。ちょくちょくこうなる」

「信じられない。どうして放っておくの？」

——毎日、忙しいんだ。足の指くらいで、いちいちかまっとられるか！

と言いたかったが口にしなかった。

東京にむかう電車の中で靴下を脱いで小指を比べると、たいしたもんだった。

私は痛みにたぶん強い。無神経なのかもしれない。よく家人が言う。

「よく平気ね。私なら声を上げて泣いてる」

痛いくらいで大人の男が泣いていたらキリがなかろう。麻雀だってそうだ。泣けば３９００《ザンク》が２０００《ニセン》点になるんだぞ。

あの夏、夜の海で

今年の夏は花火を見なかった。

夏になれば、どこかしらで、たとえば陽が落ちた頃、電車に乗れば、車中の時間の大半を窓の外を見ている私の視界に、遠くの街、海辺、湖畔で打ち上がった花火が映ることは一度ならずともあるものだ。

花火が特別好きなのではない。この連載でも以前書いたが、花火は苦手になった。

しかし今年の夏のことを書こうとして、花火を見なかったことに気付くのだから、どこかで花火が気がかりなのかもしれない。

数年前、畏友のT藤が、仕事に疲れているふうに見えた私を気遣って、一夕、屋形舟を仕立ててくれて隅田の花火に連れて行ってくれたことがあった。あとで、花火が苦手と書いて

しまい、そのことが彼に知れた。今でも、言わずもがなを口にしたことを反省している。私という奴は、何歳になっても器が歪んでいる。困ったものだ。

幼い頃から花火が苦手だったのではない。

むしろその逆で、生家から近い住吉の神社の夏の例祭には、近隣の町の中でも大きな花火大会が毎年あり、それが楽しみだった。

一度、峠をふたつ越えた町で、大きな花火大会があると言うので、弟と二人、自転車で峠を越えて見物に出かけたことがあった。

近所の若衆に、峠を越えるにはどのくらい時間がかかるのか、と訊いた。

「なあ〜に一時間も漕ぎゃあ（ペダルを踏む意味）着いちまうぜ」

あとで考えると、それが大人の体力でのことで、しかもその若衆は健脚だった。

その話を弟にすると、行きたいと言い出した。

「お母さんに内緒で行くんだぞ」

「うん」

弟と二人で陽が高いうちに家を出て、海岸沿いから峠にむかった。後部席にいる弟が、

「昼の月が一緒に走っているよ、兄ちゃん」

と嬉しそうに叫んでいた。

どこで道を間違えたかはわからないが、おかしな方角に道は向いてしまい、気付いた時は山の中にまぎれ込んでいた。

「兄ちゃん、道が違うんじゃないか？」

「大丈夫だ。山径は登り切れば、あとは下るだけだ」

一抹の不安を私は威勢で隠した。

やがて自転車では漕げない礫《れき》の径になり、私たちは自転車を降り、押しながら山径を進んだ。時折、藪《やぶ》のむこうから山鳩が鳴くと弟はつないだ手を強く握りしめた。

山径は上ったり、下ったりした。子供ごころに山に迷い込んだことがわかった。

――山で迷ったら動くな。

父親にそう教わっていた。

その時、弟が大声を出した。

「あっ、花火じゃ」

えっ、と私は弟を見た。弟が指さした方向の木々の間から、花火が上がっていた。

幻かと思ったが、続いてまた上がった。音はしなかったが、たしかに花火だった。弟が手を叩いた。私たちは花火の上がる方向へむかった。藪の中を自転車を曳《ひ》いて沢を抜けた。自転車を放っておくわけにはいかなかった。自転車は貴重品だった。しかも母に内緒で出かけていた。

沢を抜けると、遠くに夜の海がひろがり、隣り町の灯りが揺れ、海際に上がる花火が見えた。

——無事に帰れるだろうか……。

という不安はあったが、花火を見ながら嬉しそうに手を叩く弟の横顔を見ていると、まあ何とかなるか、と思った。ところが花火が終ると、急に周囲が暗く感じられ、通って来た沢もどこだったかわからなかった。

自転車をかかえ、私の半ズボンのベルトを後方から握りしめる弟の泣き声はするわで、麓にどうにか辿り着くまで、ずいぶんと時間がかかった。

おまけに自転車のチェーンが外れていた。電信柱の灯がある所まで行き、修理しようとしたが上手くいかない。通りがかったオジサンが直してくれたが、パンクしていた。国道まで出て、通りがかる車に手を振り続けた。ようやく停った軽トラックの荷台に乗せてもらい生家まで送ってもらった。

家の前に母親が立っていた。運悪く父親が帰っていた。叱られたというものではなかった。夏の間中、自転車を磨かされた。

それでも、山の上から花火を見たんだ、と自慢気に話している弟を見ていると、仕方がないか、と思ったりした。

海難死したことばかりが記憶の大半をしめていた弟との時間が、花火のことを書くことで思い出された。

どんなに短い一生であれ、手を叩いて笑ったり、半ベソを掻き必死で兄貴のベルトを握りしめていた勇敢な時間もあったのだ、とあらためて、人が生きていた時間のまぶしさを思い返した。

残りわずかな夏だが、花火でも見に行ってもいいか、と思った。

生きていれば

夏の終りから初秋にかけて、私にとって大切な命日が続く。

毎年、〝海の日〟の近くは海難事故で亡くなった弟の命日で、九月に入り、風が少し冷たく感じられ、雲のカタチが変わったナ、と思うと先妻の命日を迎える。

私はその二日を一人で過ごすことが多い。敢えてそうしているわけではないが、なぜかそうなってしまう。だからと言って、悲しみを抱いたり、追憶の時間を持つわけではない。

ただ何年かに一度、

――生きていれば何歳になっていたのだろうか……。

と思うことがある。

今年は先妻が亡くなって三十三年目で、彼女が生きていれば還暦を迎えていたことにな

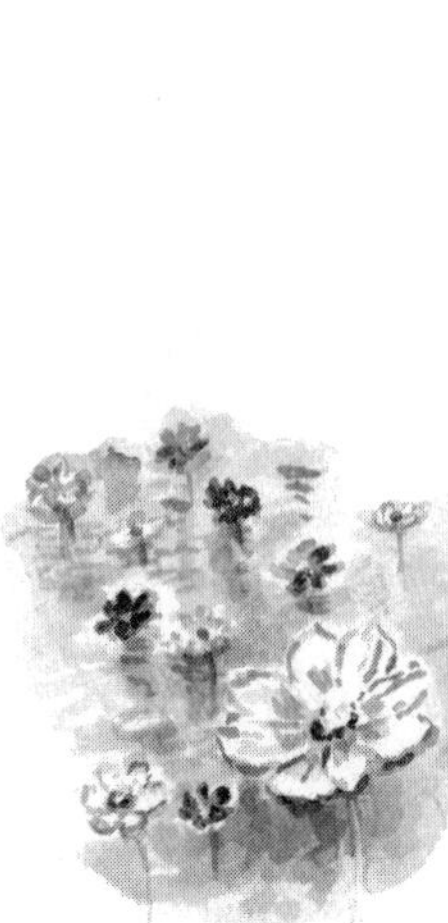

る。どんな六十歳だったかは想像もつかない。

弟は四十七年前だったから、六十四歳である。こちらは、時折、兄弟で同じ歳くらいの人を見かけると、どんな大人になっていたかと思うし、どんな家庭を持っていたかと想像する。やさしい性格の少年だったから、きっと家族はしあわせであったのではと思う。

今でも生家に戻ると、母は二人の子供の名前を呼びながら仏壇に手を合わせている。

「マーチャン（弟の愛称）お正月ですよ」

「マサコさん、今年もツバメが帰って来ましたよ」

と生きている子に話すように声をかける。

三十数年前は、その母の話し方を複雑な気持ちで聞いていたが、今はそれがごく当たり前に聞こえる。時間は不思議な力を持つ。

私は帰省の折の墓参は一人で行く。海の見える墓所で、すぐ真下のグラウンドで後輩の野球部員が汗にまみれている。海からの風が頬を撫でて気持ちが良い。

私は墓参では、墓に納まっている父、先妻、弟の名前を胸の内で呼び、お母さんのことを頼むよ、とだけ言う。私はこれをこの寺の和尚に教えてもらった。四十五年前のことだ。

「あの世というものは本当にあるんですか」

「わしも行ったことがない故よーくはわからん。しかしあった方が何かと都合がイイ」

「都合が、ですか？」

「そうじゃ、ないと言うことになると面倒になる。昔の者はそういうところを上手いことやっとる」

曹洞宗の高僧の誉れ高き、と評判の和尚が、都合、上手いこと、と平然と話した。

「もうひとつ死んだ者が夢の中で一度もまだ出て来ないんですが、自分が薄情だからでしょうか？」

「そりゃ違う。イイ寝方ができとるだけだ」

「熟睡してるってことですか」

「そりゃわしにはわからん。ただひとつこういう考えもある」

「何ですか？」

「おまえはやさしい兄貴だから、弟さんは気遣って出んのだろう」

「気遣ってですか？」

「そうだ。夢に出てみろ。たいがいの人は目覚めて悲しむ。女、子供なら涙も零す。そういう思いをさせたくないからだ。死んだ人は残された者のしあわせを祈っとるものだ」

「…………」

私は和尚を見た。墓に供えた饅頭《まんじゆう》を狙って来るカラスにむかって、このバカタレドモがと追い払っていた。

母の寝枕に弟はあらわれたのだろうか。

母は父が亡くなってからの数年、時折、ぽつんと一人何かを見ていることがあった。それは声をかけるのも憚《はば》かられるほどの寂寥のようなものが漂っていた。

人は悲しみと上手く折り合うということは容易にできない。それは追憶というものが、前触れもなくあらわれ、残された人を狼狽させ、戸惑わせるからである。さらに言えば、愛する人を失なった人は、一度、悲しみの淵へ身を置くと、そこから逃れられない。そういう立場になった人だけが経験する切なさである。もしかすると生涯それはかかえねばならぬものかもしれない。

そうであるならば、四十数年前に高僧が冗談まじりに語った言葉は名言であったのではないか。

人が人をしあわせにできるのかどうかは、正直、私にはわからない。ただこの世で生きている時に出逢ったこと、それだけで十分に価値があったのではと私は思う。そのことがわからねば、人が生きている価値などないのではなかろうか。

先日、家人が二年前に亡くなったアイスの夢を見て涙ぐんでいるのを見て、

――この一人と一匹は本当にいい出逢いをしたのだ、と思った。

犬であっても、誰かをしあわせにする。

東北一のバカ犬は何とか夏を乗り越えた。

何も言わずにいた

「伊集院さん、これまで銀座に通われて、いったいいくらお使いになったんですか？」

と訊く人がいる。

「えっ？　何とおっしゃいましたか？」

相手は同じ言葉をくり返す。

私は相手の顔を見直して、黙ったままグラスの酒を口にする。訊くも野暮、答えるはさらに野暮。

以前、やはりこう訊かれたことがあった。

「伊集院さん、これまでギャンブルでどのくらいお金を使われましたか？」

その時も私は相手の顔を一瞥《いちべつ》しただけだった。ツマラヌことを訊くな。

銀座はたしかに他の街より料金が高い。

もっとも請求書など見たことがない。

「いいご身分ですね」

当たり前だろう。痩せても枯れても、作家でございますから（本当は見れば倒れる）。

「それだけお使いになると、さぞイイコトもおありになるんでしょうな」

正直に申さば、たいしたことはない。

それでも銀座に行く理由がどこにあるのか、と訊かれれば、そんなこと考えたこともない。

大人になったら銀座へ行こう、と決めていたからである。

この連載が本になり、売れているそうだ。

〝大人の流儀シリーズ〟と言う人もいる。

このシリーズのタイトル、二冊までは仕方ないにしても、それ以降、タイトルの下に〝力〟が付くようになった。〝別れる〟にしても〝許す〟にしても、力を付ければ恰好が付くような錯覚を編集者、スタッフが（私は含まれていない）持つようになった。

――君たち、力、力って、うどんの餅《もち》じゃないんですから……。

果ては〝追いかけるな〟〝不運と思うな〟と続いた。逃亡者、犯罪者へのメッセージを書いているんじゃないんですから……。

ところが、このタイトルのすべては銀座の或るクラブのバーカウンターで、鳶で言えば、この雑誌を作る棟梁、つまり組頭と二人して鉛筆を舐めながら決めたものだ。

「銀座でどのくらい使われましたか？」

という質問に答えは持たぬが、読者が間違って買ってしまわれた大量の本のタイトルは銀座がこしらえてくれた。

「あなたたちが読んで下さっているシリーズの肝心はすべて銀座で誕生したものです」

それで十分で、釣りが来るやも知れぬ。

――何を言いたいのか？

一見、無駄と思える銭を使いなさい。

余裕がない？　なら大人の男であるから懸命に、人の何倍も働けばよいだけのことだ。

人間は銭が手に入った時、どう使うかで、或る器量は計れる。

日本で、日本人の金で儲けて、ビバリーヒルズに豪邸を買ったという話を聞くと、

――おまえはそんな貧乏根性だったのか？

と情け無くなってしまう。

私は商人ではないから、商人の魂というものを知らない。

〝三方芳《よ》し〟という商人の言葉もあるが、それを百年守っている会社は一社しか知らない。

〝陰徳〟という行動がある。

日本人だけが持つ行動である。西洋にも〝ノブレス・オブリージュ〟という言葉があるが、根本はまったく違う。後者は、高貴な人々（王、貴族のことだ）は、下の人々に責任を持たねばならぬ義務の意で〝陰徳〟とは違う。

イギリスのロイヤルファミリーの王子が戦地に赴《おもむ》くのは、この考えに依る。〝陰徳〟は宗教の観念から生じた発想で、地位が高かろうが、金があろうが、人々に施しをすることを徳とする発想である。徳を施した時点で、その人は何かを得る。極端に言えば〝救われる〟という宗教観である。

それでも〝陰徳〟がすぐれている点は、善と思われることを成すこと、成した後は、それを〝陰〟すなわち、表に出さぬという考えがまことに品格があるのである。

アメリカ人はチャリティーが好きだそうである。病院でも、更生施設でも、金持ちたちがこぞってパーティーをして、善人として賞讃を受ける。だいたい余るほどの金を得た人間で善人がいるわけがない。それを見習ってか、この頃、日本人も、例えば東北大震災の折、やれ二億円だ、やれ二千億円だと、金も振り込んでいないのに、善人振る。すべてがとは言わぬが、そういう輩を、私は悪党だと思っている。

どこでどうしているだろう

仙台に帰った。

少し滞京が長く、途中、旅もしたので、玄関でのバカ犬の興奮は異常であった。

バカ犬、十日程前に悪い菌に胃腸をやられて病院通いをさせられたらしい。

彼は家人の厳しい躾《しつ》けのせいか、人にむかって吠えることはないが、歳を取ってから人間を好むことがなくなった。亡くなった兄貴の犬は人の姿を目にすると、見境いなしに尾を振って寄って行った。バカ犬は仔犬の頃から人見知りの傾向があった。人間と同じで歳を取ると、したくないことはしないってことか。

胃腸をやられたのは、散歩の時に砂だか、土だかを口にしたようだ。元々、草、葉はかまわず食べた。それで時折、医者の世話になっていた。

〝土を食べる〟。

私はこの感覚が理解できなくもない。

あれは小学校へ通いはじめた頃、近所の同級生にMという少し変わった少年がいた。

Mはオバサンの家に妹と暮らしていた。

Mの母親を一度見たことがあった。各家々を回って、生菓子を売って歩いていた。

「おまえ、毎日、美味いもんが食えてええよなあ」

と言うと、Mは何もわかっちゃいないという顔をした。

「バカ言ってんな。ありゃ商売もんじゃや。食べさせてもらうわけないじゃろう。いっぺんも食べたことなどないわい」

「ミヨコ（妹の名前）ちゃんもか？」

妹はこくりとうなずいた。

その母親の姿もいつの間にか見なくなった。

Mは器用だった。半ズボンのベルトが千切れると、自分で穴を開け、そこに針金を通して使っていた。

「西部劇のベルトみたいで恰好ええのう」

「そうじゃろう。エヘン」

或る日、Mに、美味いもんがあるから一緒に来いや、と誘われ、旧港の脇のちいさな砂丘のある場所に二人して行った。

そこは私の母も好きな場所で、幼い頃、母と散歩をした。初夏になれば浜昼顔が咲いて、夕風に揺れていた。

Mは勝手知ったふうに先に砂丘を歩き、物見小屋が一軒ある裏手へ行き、

「ここじゃ」

と言って、しゃがみ込むと、そこの砂とも土ともつかぬものを指先で掘り、手の平で余計なものを取り除き、それをパクリと口の中に入れ、ガリガリと音を立て、飲み込んだ。

「えっ？」と私は声を上げMを見直した。

するとMは、

「美味い！」

と言って白い歯を見せ、続いて、二度、三度指でつまんで口に入れ、嚙んで飲み込み、美味い、美味いと笑った。

「M、ほんまに美味いんか？」

Mは大きくうなずいた。

私も指先で土をつまみ、おそるおそる口に入れてみた。甘い味がした。口の中に砂が残っていたが、Mの言うとおり美味かった。

「他にも美味い土はあちゃこっちゃにある」

「そうなんか?」

Mに連れられ、紡績工場の裏で、土と蓬《よもぎ》の葉を食べた。蓬の葉は苦くて吐き出した。

その夜、私は腹痛を起こし、夜半、苦手な近所の医者が来て、注射を打たれた。

「土を食べるなんて信じられないわ」

母は呆きれていた。Mの話はしなかった。

翌日は学校を休み、翌々日、登校するとMは平気な顔でピンピンしていた。

Mは何でも食べた。小遣室に置いてある歯磨き粉が一番美味いと言っていた。イナゴを食べるのを見たことがあった。見ていて気味が悪い。Mが美味い、美味いと笑うと、つい少しだけ食べるのだが、苦かったり、何とも言えぬ味がした。

たまに私が家にあった饅頭を持って行き半分わけするると、Mは必ずそれを妹にやった。

Mはいつもお腹を空かしていたが、知らぬ人が、恵むような素振りをすると、わしはほいと違わい、と怒り出した。のんきな少年だった私はMの空腹の理由もわからずにいた。

東北一のバカ犬の腹痛を聞いて、妙なことを思い出したものだ。

Mは今、どこでどうしているだろうか。

Mのことだから、元気にやっているだろう。

夜半、バカ犬が寝床で本を読んでいる私のそばで障子戸を前足で掻き、開けろと催促する。開けると小便をしている気配がした。

コイツ小便をすると、必ず何かを食べさせろと吠える。

「おまえ、いつそんな贅沢になったんだ」

大声を出したら、もっと吠えられた。

第二章
君去りし街で

情の深い人

大杉漣さんという役者さんが亡くなって、新聞、雑誌等の記事で、彼の死を惜しむ声を目にする。

最近の俳優さんの死で、このように大勢の人が、その死を悼むのは稀のように思う。

よほど人柄と、彼が生きている間につくした姿勢が良かったのだろう。

私は大杉さんの仕事を見たのは、北野武さんの映画の中でしかない。

スクリーンに、その顔があらわれ、役柄とは言え、切ない役所をするヤクザだナ、と思いつつも、その存在感を目にして、

――北野武という映画監督の、役者を見る目、発掘する眼力は凄いものだ。

と何か、たけしさんの力をまざまざと見せられた気がした。

だから、大杉さんの訃報を知った時、すぐにたけしさんの顔が浮かび、

——切ないだろうナ。大丈夫だろうか。

と心配になった。

とは言え、お互い、近しい人の死、自分を支持してくれた人の死、何も言わずともわかり合えた人の死……に多く対峙して来たから、たけしさんに連絡を取らなかった。

たけしさんは人の何倍も情が深い人だから、その哀しみの大きさはわかり過ぎるほどわかる。

——なぜ、あいつなんだ……。

口にしてもせんかたないことだが、その言葉がつい出てしまうのが、この世である。

一度、たけしさんと盃を交わしている折、

「あの大杉漣という役者は、あなたの映画の中の申し子というか、たけしさんが雲の上に手を伸ばして、地に降ろして来た天使のようなところがありますね」

普段、他人が誉め言葉を言っても、決して肯定しないシャイなたけしさんが、

「そうなんだよ、あいつは何だかいいんだ……」と例の照れ臭さそうな顔をした。

——ああ、たけしさんは彼にめぐり逢えたことが嬉しいんだ、と思った。

古今東西の映画の名作、名監督とのちに呼ばれる人の作品には、必ず、その監督だけの役者が存在する。

サム・ウッドにゲイリー・クーパーがいて、黒澤明に三船敏郎、志村喬がいた。大杉漣は北野武がこしらえた名役者であったのだろう。


北野作品以外の大杉漣は知らないが、一度だけ彼と逢ったことがあった。


東京、神楽坂の路地であった。

その路地に、私が若い時に最初の小説を書くために泊り込んだ旅館があり、私は雑誌の取材で、その路地で写真を撮られていた。

私は写真撮影が苦手で、特に、普段、人が働いていたり、生活をしている場所に、ずかずかと撮影のために入り込むことが嫌だった。だから撮影中に蕎麦屋の出前が通ろうとすると、あっ、どうぞ、かまいません、と中断をしてしまう。

その日、その路地にテレビカメラを手にしたスタッフがあらわれた。そして彼等の背後から役者さんらしき男が姿を見せた。

「あっ、すぐ終りますから」

私が相手に声をかけると、その人は私にむかって上げた手を横に二、三度振り、かまいません、どうぞ続けて下さい、と仕草をしてから丁寧に頭を下げた。カメラマンのシャッター音を聞きながら、どこかで見た人だ、と思い、相手の方を見直すと、彼は私のことを知っているふうに、もう一度、頭を下げた。私もうなずいた。お互いが目を見合わせた。

——ああ、北野武さんの映画の人だ。

たけし贔屓の私は嬉しくなった。

数秒のことだったのだが、大杉漣という役者に逢い、互いにうなずき合ったことが、ずっと記憶の中にあったから、その訃報を耳にした時はショックだった。

たった一度の会釈だが、大人の男の出逢いというのは、それで十分だと私は思っている。

人は病気や、事故でこの世を去るのではないと私は思っている。人は寿命で、この世を去るのである。人の死は、生きているその人と二度と逢えないだけのことで、それ以上でも、以下でもない。生きている当人には逢えないが、その人は生き残った人たちの中で間違いなく生きている。

今年の初め、私の後輩が制作するオーディオブックで、この連載の本の一冊を、大杉さんが朗読して下さると報告を受けた。挨拶に行きたいと思ったが、仕事の邪魔になっては、とよした。

誠実な仕事振りであったと、先日、後輩から聞いた。その間中、私は雲を見ていた。

冥福を祈りたい。

花が咲いていた

畏友のMさんのお嬢さんの結婚式に出席するために島根の出雲へ出かけた。

七年前の春、ゴルフを一緒にした後、Mさんの住む横浜、青葉区にあるK谷鮨でしこたま飲んだ。しこたまだから、二人とも酔った。

「私、娘が可愛いくてね……」

Mさんがしみじみ言った。

「娘が嫁ぐまで何としても生きるんだ」

数年前、Mさんは食道癌の大手術をした。

病巣が発見された時、家族は皆覚悟をせねばならぬ状態だった。

三十数時間の手術に耐え、そこからMさんの果敢な闘いがはじまった。リハビリの折はべ

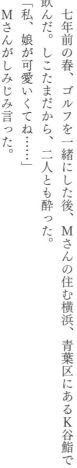

ッドにゴルフのパターを持ち込み、動かぬ身体でパターを握り、何としても生還してやると踏ん張った。奮闘の甲斐あって、ゴルフができるまで快復した。

私はそれを知っていたから、お嬢さんが嫁ぐ日まで何としても生きたい、とつぶやいた言葉が胸を突いた。

「披露宴に出席しよう。だから踏ん張れ」

「本当ですか？」

私はうなずいた。

或る時から、私はすべての結婚式に出席するのを断わっていた（理由は、くたばる寸前に書く）。

飛行機の窓から見えた富士山を眺めた。

——良かった。この日がやって来て。

「伊集院さん、娘が嫁ぐことになった」

Mさんははずんだ声で言った。

「そりゃ良かった」

「相手は出雲の若者だ」

「ほう、伊勢の男の娘が出雲へ嫁ぐか。そりゃイイ」

「ラグビーの名選手だったらしい」

「ラグビーか、そりゃいい。勿論、披露宴には行かせてもらう」

「あの約束、本当にいいのか？」

「酔った席での言葉だ。二言などない」

島根は私の生まれ育った山口の隣りである。

出雲と聞いて、これはイイと思った。

出雲には私の文通相手がいた。女性と思われようが、二十五歳年上のゴルフをこよなく愛する大人の男である。その人のお嬢さんに、普段世話になっていた。お嬢さんのご主人とも飲み友達である。お嬢さんの生まれ育った街が出雲だった。実家は出雲大社の真ん前で明治以来の旅館を経営なさっている。

Mさん夫婦とタクシーを降りると、立派な旅荘で、

——たいしたものだ、と感心した。

玄関先になんとお嬢さんまでがわざわざ帰省して、ご両親と並んで迎えてもらった。

——マイッタナ。忙しいお嬢さんまでが。

やっと逢えた文通相手はお元気で、手を握ると、現役のゴルファーのごつごつした感触があり、嬉しくなった。

通された部屋の庭に木瓜《ぼけ》の花が咲いていた。百日紅《さるすべり》、石蕗《つわぶき》、木槿《むくげ》……と私の好きな木がうわっている。

——花の季節にもう一度来たいものだ。

Mさん夫婦と夕食を摂った。料理が美味いのに驚いた。京都、大阪の名店に近い。

Mさんがまたしこたま飲んだ。旅館のお嬢さんが旦那さんからと持って来て下さったウィスキーがたちまち減って行く。

新婦の手紙を渡された。明日の宴での挨拶の参考にと、新郎、新婦の略歴もある。

Mさんのお嬢さんは長く発達障害のある子供のケアー、教育を大学で学なばれた。

Mさんは上機嫌で引き揚げた。

独り庭に出て、春の月を眺めた。

先刻、Mさんの言った言葉がよみがえった。

「それにしても結婚、披露宴と金がかかっただろう。大丈夫か？」

「何をおっしゃいます。私はこの日のために四十年間働いて来たんです」

近頃ではなかなか耳にせぬ言葉である。

――イイナー、Mは……。

翌日の午後、斐伊川の河川敷のゴルフコースに寄った。九十三歳のゴルファーが鍛練に使う場所と聞き、河原を歩いた。

「伊集院さん、九十三歳になっても、ゴルフの楽しみは若い時とまったく変わりません」

その言葉を聞いて、感動した。

披露宴の挨拶では「三国一の花嫁を連れて参りましたので、よくよく大事にして下さいませ」と頭を下げた。

花嫁の父は酔い放しの、泣きっ放しだ。そのそばを新郎が所属していたNECグリーンロケッツのラガーマンが、バレリーナの格好で踊っている。皆大爆笑である。

――ラガーマンもバカか……。

帰りの飛行機で、旅館の看板の字がえらく良かったのを思い出した。石飛博光《いしとびはっこう》の書であった。どおりで……。

出雲の〝竹野屋〟にぜひどうぞ。

星が見える夜に

日曜日の宵、赤坂の路地を娘と歩きながら、私が立ち止まって、スコール、スコール……と三唱すると、娘は少し驚いて訊いた。

「父《チチ》（娘はこう呼ぶ）、それ何ですか？」

「デンマーク語で〝乾杯〟という意味だ」

「何でまたデンマーク語なの？　そしてなぜこんなところでいきなり？」

人通りがない休日の夜とはいえ、私らしからぬ行動を意外と思ったのだろう。

人前で大声を出すんじゃない、と私は父から厳しく言われた。同じことを私は家族にも教えた。

「いや失敬。実は明後日、千人の前で乾杯の音頭を取らなくてはいけない。これが思ったよ

り難しくて、こうして腹に力を入れて堂々と、高らかにやらねばならない。三唱の最後は、龍の尾が昇るごとく勇ましく、孔雀の羽根が広がるごとく華麗にしなくてはならないんだ」

「へぇ～、乾杯の音頭で、少し大袈裟じゃないの？」

「祝い事の挨拶、乾杯は大切なことだ。目出度いことをともに祝うのには責任がある。それでこうして練習をしているんだ」

「何の祝い事なの？」

「君も以前挨拶した、父がお世話になっているSさんの会社のラグビーチームが二連覇、二冠を達成した。その祝賀会の音頭だ」

「なるほど……。でもなぜデンマーク語で乾杯するの？」

「Sさんの父上、さらに祖父の代からビールへの挑戦を続けている。戦後のビール開発のためのヨーロッパ視察で、デンマークのビール会社とタッグを組んだ。その折、ジョッキを片手にデンマーク人が高らかに乾杯の声を上げたのがスコールだったというわけだ。以来、Sさんの会社では乾杯はスコールだ」

「ふぅ～ん、歴史があるんですね」

「どんなものにも、人間が愛《め》でるものには由縁と歴史があるものだ」

「予行演習の続きはホテルのご自分の部屋でやっていただけますか？　焼鳥屋が店仕舞いになりますよ」

私たちは足早に焼鳥屋にむかった。

このスコール。skålはノルウェーでもスウェーデンでも同じだ。バイキングが髑髏《どくろ》に酒をなみなみ注いで、そう叫んだらしい。

多勢の人たちが、これを唱和するとなかなか勇ましいし、ビールが美味い。


上京して一番困るのは休日の夕食だ。

さらに困るのは連休の代替え休日になった月曜日である。私が常宿にしているホテルがあるお茶の水、神保町界隈の店はほとんど閉店である。私は週末は、平日より仕事の量を増やす。先輩作家の黒岩重吾さんにこう言われた。

「作家には盆も正月もないんだぞ。人さまが休んでいる時に書くんだ。特に君のように酒好きで、辛抱が足らん新人はな」

生前、大変世話になった。氏の葬儀で写真に手を合わした時、あの言葉を守ろうと思った。だから元旦から机にむかうし、土、日曜は懸命に書く（書かない時もある）。

私の仕事は時間の制限があるようでない。締切りは別だが、書きはじめれば、あっと言う間に日が暮れている。

――シマッタ、飯屋が閉まる！

と思った時は、空に星が見えている。

だから週末の夜は前以て誰かと食事をする約束をするが、これが難しい。

その日も、シマッタ、八時を過ぎてる、となり、仕事場の電気スタンドにたてかけていた絵葉書が目にとまった。『ジネヴラ・デ・ベンチの肖像《カレ》』レオナルド・ダ・ヴィンチの若き日の作品で、唯一ヨーロッパ以外に展示してあるものだ。娘（次女）がワシントンからくれた絵葉書だ。彼女は独身である。もしかしたらアルバイトが休みかもしれない、と連絡を入れた。

「先日は絵葉書を有難う。良かった。君もう食事は終えたかね？」

「今、丁度、撮影の仕事が終わったとこです」

「そうか、美味い焼鳥屋があるが、どうだ」

「いいですね」

スコールと言い合って飲みはじめた。

「撮影は（娘は時折、端役の俳優もなさる）上手く行ったかね？」

「はい。今回は簡単。ずっとパジャマ」

——何、パジャマ？

以前テレビを点けると、いきなり裸体に近い女優さんが画面に出ていた。

——もしかして、わしの娘か？

驚いて見ていると女優は男優に首を絞められ死んでしまった。

——ナ、ナ、ナンダこれは？

驚いて、元女優の家人に報告すると「そういう役もありますよ。役ですから」とあっさり言われた。

焼鳥にハイボールで、彼女の近況を私は黙って聞く。時折、小説にも挑んでいるらしく、そちらは大変なようだ。

小説は教えようがない。応募小説で乗り越える方がよかろう、とそれだけを言った。

私に似て、辛抱がきかない。私は生きて行かねばならぬから辛抱を身に付けるのに懸命だった。それは自分で体得するしかない。

「どこかまた旅に行きたいね、父《チチ》」

「今の仕事が終わったら、それもいいね」
「いつ頃、終わるんですか」
「皆目、見当がつかない」

君去りし街で

仙台は、一昨夜から淡い雪が舞っている。

積もるほどではないが、今しがた青空が見えていたかと思うと、庭に立つ自分の頬にふわりと雪片が触れる。

冬と春の境に、北ではこのような天気をくり返す。少しずつ春の時間になるのだろう。

昨日、二階の換気扇の飛び出した場所に二羽の雀がやって来て、しばらく居たことを家人から報された。

去年の春、その換気扇の奥に親雀が巣をこしらえ、数羽の仔雀が育ち、巣立った。

おそらく、その雀たちだろう。

生きているものは家に戻るのである。

トモさんが亡くなった。

弥生四日の未明である。

トモさんとはアートディレクターの長友啓典《ながともけいすけ》氏である。七十七歳だった。

友人から連絡があり、文面を読んだ。

――そうか……。

カメラマンのMさんに連絡を入れた。実直な気質の後輩のMさんは少し興奮していた。

私はただ、そうか……、とくり返すだけだった。Mさんが電話で言った。

「すぐに病院へ行って何かお手伝いしたいのですが……」

Mさんはトモさんが半分育てたようなところがある。今は日本でも有数のカメラマンである。勿論、彼が今の活躍をしているのは、写真家としての実力以外のなにものでもない。それでもMさんは、自分の今があるのはトモさんのお蔭だと信じている。私にMさんを紹介してくれたのもトモさんだ。

Mさんは独り渡米し、カメラマンとしての修業をし、当時、アメリカで権威のあるクリエーターの賞で最優秀新人賞を獲得し、〝TIME誌〟にも大きく取り上げられた。それを土産品に帰国したのだが、すぐに仕事が来るほど、この世界は甘くない。人を介してトモさんに挨拶へ行き、作品を見せた。

仕事がない若い人がトモさんの下に挨拶に行くと、すぐにではなくとも、いずれ必ず何か仕事をくれる。この、いずれ必ず、というのが並の人間ではできない。私など到底できない。それがどれだけ面倒なことか承知しているからだ。ところがトモさんは、どんな人にでもチャンスを与える。

仕事のやり方も惜しげなく見せる。

鳥井信治郎という日本で一番の、いや世界でもそうである酒造メーカーの初代の伝記小説を書いた。この人が、八年間、寝る時間も惜しんで〝赤玉ポートワイン〟をこしらえた。その信治郎の下へ、新しく洋酒製造をはじめたい人がやって来る。信治郎は、製造の最後の部分以外、そのノウハウを惜しげもなく教えた。

囲碁の藤沢秀行は弟子に、自分が今、これが最上と思う碁を惜しげもなく教えた。

「藤沢はバカだ。弟子にすべてを教えて、その弟子に王座を奪われるんだから」と言う人も周囲にいた。

鳥井と藤沢の共通点は「わてら、わしらのやっとるもんは無限の可能性がある世界や、知っていることを教えれば、皆がさらに高《たか》みに行けるやないか」人間の格が違うのだ。

トモさんにはこの二人に似ているところがあった。違うのは、声を荒げない、怒らない、叱責しない、いつもニコニコして、

「まあそういうこっちゃ、そろそろナカ（銀座）へ行こか」となる。

Mさんの挨拶の数日後だと思うが、銀座の宿り木に二人座ると、「伊集院、まだ若いんやけど、ええカメラマンがおんねん」

「そうですか、丁度ひとつ仕事が」

「ええと思うで、一度逢うたってくれるか」

翌月にはMさんとパリで仕事をしていた。想像以上の実力がある人で助かった。以来、Mさんとトモさんで三十年以上歩いて来た。

「すぐに病院へ駆けつけようかと……」

Mさんは居ても立ってもいられない気持ちだろう。

トモさんはいつも皆のトモさんだった。

「やめときなさい。あなたはもう五十歳を過ぎています。世話をする若い人はいます」

「…………」

「見舞いに行けたのだから、それで十分でしょう。静かに送るべきです」

私は入院当初から何度か電話で話したから見舞いには行かなかった。顔を見れば冷静でいられる自信がなかった。私の仲人親でもある。家人にはほとんど容態は教えなかった。それでも勘のいい女性だから、一度見舞いにと望んだが、「見舞いに行っても、君が切なくなるだけだ。もうトモさんは家族の人のトモさんなんだから」それで理解したらしい。

Mさんにも言った。

「人は最期《さいご》は家に帰るものなんだよ」

この考えが正しいのかどうか、私にはわからない。わからないだらけだが、長友啓典という人を適確に書けない自分の力が悔しい。

通夜の帰り、同乗のMさんが怒ったような目で風景を見ていた。

――この人これからイイ仕事をする。

何か確信のようなものがあった。

青春の時

なにやら忙しい春であった。

友人の娘さんの結婚式に島根、出雲へ出かけたのを皮切りに、いろんな会、いろんな街へ顔を出した。

関西へ日帰りの旅が三度あり、朝、東京駅を出発し、天気が良かったせいか、美しい富士山を三度拝んだ。新幹線が富士川を渡る時に振り返ると、これが電車から見る富士の絶景のひとつだとわかった。

この連載の担当を三年やってくれているT君が富士市の出身で、

——そうか、彼は子供の頃からずっと富士山を見て育ったのか……。

と羨ましい気持ちになった。

ただ少年期、青春期というものは、悩む日、悔しがる日、切ない日が多いはずだから、

――富士山が黙って見つめてくれていたのかもしれない。

とT君の若き日を想像した。

三度目の旅の終りに、車窓に映るネオンの灯りを見ていて、独りで飯を食べて寝るのもツマラナイと、そのT君に昼間見た彼の故郷の富士山の話でもしようと連絡を入れた。

「編集部ですか？」

「いや昨日から休暇で、高校時代のハンドボール部の同期とゴルフに行ってたんです」

「じゃ今夜は家族で食事だね」

「いや妻と息子は彼女の実家のある京丹後の間人《たいざ》へ先に入ってるんです。私も明日、丹後へ行きます。今夜はチョンガーです」

――チョンガーか、古い言葉を知ってるナ。

「じゃ一杯やりましょうか」

「でもまだ八王子駅なのでお待たせしてしまいますが……」

「大丈夫、私も今、京都から戻るところだ」

赤坂の焼鳥屋で待ち合わせ、一杯やった。

「ゴルフはどうだった？」

スコアーを聞くと、点の入れ合いになったバスケットのゲームみたいで驚いた。

「ともかく凄いコースで平らなところがどこにもないんです」

「じゃ登山靴でプレーしたの？」

「…………」


大学の野球の同期とのゴルフ会もあった。

プレー後の小宴でYが言った。

「おまえよくそんなに次から次に書くものがあるよな。誰かに書いてもらってるのか」

「…………」

野球部の先輩に大沢親分こと大沢啓二さんがいらした。生前、親分は私を見て、

「野球部にいた君が、小説家か……」

と首を捻っておられた。気っ風が良くてやさしい先輩だったが、野球部員と小説家が最後までつながらない様子だった。

その点、長嶋監督はあざやかだった。

「先生（私のことですぞ）は小説家で、大学の野球部、ハイッ」

娘の三奈さんは大の野球好きだから、

「そんなことがあるんですね。不思議」

と可愛く笑っていらした。


安倍総理との食事会に遅れそうになって料亭へ駆け込もうとすると、SPに、ここはダメだ、と止められ、あわてて下足番の男が飛んで来て、その人が伊集院先生です、と言われた。

――ワシはいったいどんな人間に見えてるんだろうか……。

開口一番総理に訊かれた。

「麻雀に必勝法はあるんですか？」

「…………」


プロレスラーのオカダ・カズチカさんとも逢った。こんなにハンサムなプロレスラーがいるのか、とあらためて、大きな身体と新宿二丁目あたりではきっと放してくれそうにない艶《つや》っぽい瞳を見ながら対談した。

ゼニの雨を降らせるそうで、本当なら傘を逆さにしてリングに上がりたいものだ。

東京での暮らしが長くなると、我が家の東北一のバカ犬は機嫌が悪くなり、少し不良になるらしい。

「ノボが不良少年になってますよ。お帰りはいつくらいでございましょう」

家人の電話のむこうで吠えまくっていた。

北国の新緑が映る車窓でうたた寝しながら帰宅すると、まあえらい見幕で吠える。

「オイ不良、元気だったか？」

大阪の夜のクラブからハンバーグ。京丹後の間人から銘酒が届いていた。

今夜はバカ犬にハンバーグ。正体がわからない小説家は日本酒で一杯やろう。

優しい時間

日馬富士の引退会見は見ていて、少し切なかった。

私はこの横綱を何度か見かけ、挨拶されたこともあるので、その折の節度のある態度に感心していた。

事件の概要は新聞報道で知った。暴力を振るった点で、引退をせねばならぬことも十分に理解できる。おそらくそうなると思っていた。この処分はいたしかたあるまい。

それは別として、私が気になったのは、事件が明るみに出てから、日馬富士が酒癖が良くないとか、粗暴な性格であるとか、どこから得た情報でそう言い切っているのか、曖昧な情報を、それが真実であるように、テレビのワイドショーで口にされることである。

これは日馬富士のことだけではなく、いったん悪《あ》しき者と誰かが言いはじめると、皆が

皆、それが当然のように語り、話す方も聞いている方も、それがあたかも真実であるかのごとくなってしまうことである。

事件も、事情も知らぬ者までが、一人の人間を悪党のごときにしてしまう。

風潮、風評というものは、昔から根拠なき所から、唐突に生まれ、知らぬまに、それが当たり前のごとく受け入れられるものだ。

仕末の悪いことに、根も葉もない話の方が世間にひろがり易いという側面を持っている。

ではその誤ったものを人々が受け入れてしまうのは、どこから生じ、なぜいともたやすく受け入れられるかというと、これは人間の本能に近い部分にあるのだろう。

〝怖《おそ》れ〟〝嫉妬〟〝冷笑〟……と言った普段は、そのような感情、考え方をしないようにして生きている人の中に、風評、デマが入って来ると、これがいとも簡単に受け入れられてしまう。その上、いったんそれを受け入れてしまうと、たとえ間違いであっても、修正、訂正がなかなかできない。

あとで間違いと気付いても、

――なんだ、間違いだったのか……。しかしずいぶん昔のことだものナ。

この程度で、記憶外のものとしてしまう。

――〝人の噂も七十五日〟と言うが、今はおそらくもっと早く忘れてしまうのだろう。

それほど早く忘れられる話であるから、風評に乗った人々にとってもたいした出来事、事件ではなかったのであろう。

ところが矢面《やおもて》に立たされた方は、表を歩くこともできずに、耐え続け、歯ぎしりする時間を送らねばならない。

誰だって悪い人間と思われたくはない。

誰だって酷い人間と思われたくはない。

ところが、或る日、突然、自分がそういう立場になれば、あわてふためき、違うと主張さえできぬことがわかると、これは人間不信におちいるし、果ては己自身さえが追い詰められてしまう。

世間というものは怖い側面を持っている。

この怖い世間を成り立たせているのは、実は一人一人の人間でしかない。

人間が一番怖いのである。

こう書くと、周囲の人、他人すべてが怖くなってしまう。

私は自分を善人などと思ったことは一度もないし、他人に言えぬ悪事も一度ならずやってしまっているはずである。はずと書いたのは、自分が正しいと思って為した行動で、他人を不幸な目に遭わせることが起こるのが、人が生きることだからだ。

――本当に、あの時は済まないことをしてしまった。

という経験もある。逢うことがあれば頭を下げたい、今でも思うことがある。墓参へ行き、謝ったこともある。

人間が生きるということは、どこかで過ちを犯すことが、その人の意思とは別に起こるのである。

私の母は、私を育てる上でいくつかの約束を少年の私にさせた。

「もしあなたの目の前に、人を殺めた人が捕縛されて、見せしめに大通を歩かされていても、決して石を投げたり、〝人殺し〟などという言葉を言ってはいけません。人間は何かの事情で人を殺めることがあるのです。それが大人になったあなたや、あなたの子供であることが必ずあります。人を悪く言うことは空にむかって唾を吐いているのと同じです」

私はこの教えを守って来たつもりだ。

たしかに日馬富士は暴力を振るったという点では過ちを犯した。

しかし私が何度か街で見かけ、互いに挨拶を交わした彼は、礼儀正しい、大人の男であった。

私は日馬富士が好きなのだろう。彼が引退しても、私はずっと彼の相撲を、人柄を贔屓して行く。

出逢わなければ

この三十年で何度も登った階段を上がり、その事務所に入ると、数人の若いデザイナーが、わずかに残った荷物を片付けていた。

「あとどのくらいかかるの？」

「まだ少しかかりますね」

「あっ、そう……」

六時には終ると聞いていたから若い人たちを食事にでも連れて行き、労をねぎらおうと出かけて来たのだが、どうやら無理らしい。

私は棚に残った物を何気なく見た。そこに〝長友イラスト〟と記された分厚い紙袋が重ねてあった。この中に私の小説の挿絵《さしえ》、挿画もあるのかもしれない。今は不在の人となった長友啓典さんに、この三十数年で、私は自分の小説、随筆におそらく千点以上の絵を描いてもらった。初期の作品のほとんどは装丁のデザインもして下さった。私の初めての短篇小説集の表紙のデザインが送られて来た日のことは今でも鮮明に覚えている。表紙の手書き文字も、丘の斜面かどこかに寝そべって空を見上げている男のイラストも、淡い黄色の色彩も、どれも皆まぶしかった。

――そうか、自分の小説が、こんな情緒のある本になるのか……。

私はそれを仕事場の壁にピンナップし、何時間も眺めていた。嬉しさとどこか照れ臭さのある奇妙な感情と、この本が本屋の店先に置かれた時、もしかして自分は作家になるのかもしれないと思った。

興奮していたのだろう、その日の夜半、目覚め、仕事場に入り灯りを点けると、私の本の表紙に描かれた男は、私に何か言いたげに居た。これまでの人生にそう数のない自身に何かを与えられた喜びのひとつであった……。あの日から三十年、情緒にあふれた表紙のデザインを受け取る度にときめきを覚えた。

その長友啓典さんが四十八年続けたオフィスが、今夕閉じたのだ。名称を〝K2（ケイツー）〟と言った。啓典のKに、親友の黒田征太郎さんの黒田のKがふたつで、そう呼んだ。

当初から、二人がはじめた事務所には、デザイン関係者だけではなく、時代の最先端を行く小説家、演出家、カメラマン、俳優、ロック、演歌歌手、詩人、彫刻家、出版社の担当編集者……などがひっきりなしに詰めかけ、この二人の青年の仕事に注目し、夜になればどこからともなく人が集まり、ワイワイガヤガヤと宴をくりひろげた。皆金もないのに騒ぎ、怒鳴り合い、夜が明けたという。二人とともに仕事をすることが嬉しい人たちだった。二人は傲慢、狡猾と言ったものと無縁だった。ともに関西人の、あのオヒトヨシが根にあった。

〝剛と柔〟と二人を知る人がよく口にした。剛は黒田で、柔が長友である。剛の方はいったん腕をまくると相手がチンピラでも、多勢でも一歩も引かず、どちらかが倒れるまで殴り合う。柔は修羅場をグラス片手に見守り、機を見て言う。

「あんたら、もうそのくらいでええんと違うか、ボチボチ次に行こか」

剛だけでも、柔だけでも成立しない、生きる〝阿吽《あうん》〟の呼吸があった。

もし長友さんに出逢うことがなければ、私はつまらない男になっていただろう（まあ今も十分つまらぬ所はあるが）。

閉店作業をしている若いデザイナーを残し私はＫ２の階段を下りた。

――もう二度とこの階段を上り下りすることはないのだ……。

六本木通りに出て、長友さんと二人でよく歩いた道を歩きはじめた。

——別離は慣れているのだろう、オマエ。

と自分に言い聞かせ、T長の焼鳥で一杯やり、女将に長友さんの死とK2の閉店を告げ、Y太呂で偲ぶ会の日を報せ、Mマンで一杯やって引揚げた。

常宿の部屋に戻り、ポケットから一本の鉛筆を出し、その鉛筆を手にした。長友さんが晩年、愛用していたという鉛筆である。滑りの良いドイツ製のものだった。

感傷に浸ったわけではないが、あれほどいろんなことをしてもらったのに、私はきちんと礼も言えなかった、と思った。人と人のつき合いはそういうふうにして別離を迎えるものかもしれないが、やはり悔みは残る。

ハワイ行きの飛行機の並んだ席で訊いた。

「トモさん、何メートルくらい泳げるの?」

「まあ五十メートルくらいやな」

「あっそう」「何の話や?」「何にも」

飛行機が海に墜落して岸まで三百メートルなら二百五十メートル、このデブを担いで泳がにゃならんのかと考えていた。その時、飛行機が大きく揺れ、生涯で初めての白のスーツを着ていた私にむかってトモさんの手の赤ワインが顔と胸元にかかった。

「あっ、すまん、かんにんやで」

私はトイレでスーツを洗い、ロゼ色に変わったスーツで憮然とした顔で席に座った。

数時間後、着陸の放送があった。

トモさんが私に言った。

「伊集院、ワインって臭いナ……」

彼女の場合

目の玉に注射をされた。

こう書くと驚かれようが、注射など痛くも痒くもない。割バシで目の玉引っ張り出して洗われたならば、それは少し痛かろう。

黄斑変性症《オウハンヘンセイショウ》という。

これだけなら許せるが、担当のK先生はこうおっしゃった。

「カレイオウハンヘンセイショウです」

——何！　カレイって何だ？

「先生、カレイとは魚のカレイですか？」

カレイと言われた瞬間、黄色の斑点が、魚の鰈《かれい》の皮の色味、紋様に似ていると想像したか

らだった。

「違います。加えるの加に年齢の……」

――あっ、加齢か……。

とわかった時、

――オイオイ、その病名は失礼だろう。

と憮然としてしまった。

以前、加齢臭という言葉が出はじめた頃、私はこんなヒドイ日本語を誰が口にしはじめたのだと、加齢臭をカバーする化粧品を売り出したメーカーと商品に、イイ加減にしないかと書いた。私はまだ五十歳代だったから自分の臭いについて怒ったのではない。

私より一世代、二世代前の、この国のために懸命に生きて来た人たちに対して、臭《しゅう》とは何だ！　加齢とは何だ！　と憤った。

その上、その商品を売り出したのは日本でトップの化粧品メーカーである。普段、文化がどうこうと宣伝、広告でも謳っている企業が、老人に独特の臭《くさ》さがあると言っているようなものだ。ふざけるナ、と思った。

なぜ病気がわかったか。それは数ヵ月前から原稿を書いたり、本を読んでいて妙な異和感があった。週に一度出かけるゴルフでもパットが微妙に外れる。そのうちティーショットのボールが歪みはじめた。それで二週間前、ティーグラウンドで右と左の眼をそれぞれ片手で覆って前方を見てみた。すると右眼ではたしかに見えていた彼方のグリーンとプレーヤーが、左眼で見ると消えていた。

「あれっ!」「どうしました?」「グリーンとゴルファーが消えてる」「何ですって?」

そこで左眼がおかしいのが発覚した。

私が遊び呆けていた時代から長くお世話になった内科医の父上、そして息子さんが現役でバリバリの眼科医である彼の下に出かけた。

前日、畏友のT藤に目のことを話すと、そりゃ白内障ですよ、イイ先生を紹介します、と言われた。その夜はT藤と白金、銀座で回ったら白内障のエキスパートが意外に多いのに驚いた。

二十数年前、母が白内障の手術を受けた。当時は白内障の手術は入院させた。術後、山口県の病院に電話を入れた。

「どうですか? 上手く行ったそうですね」

「あなた、空がこんなに青いって知りませんでした。澄んでいて綺麗な青色ですね」

母の言葉に安堵するとともに七十歳を過ぎて手術をした彼女の勇気に感心させられた。

手術の成功は後日談があった。

家に戻って来た母が開口一番言った。

「この家はどうしてこんなにホコリだらけなの！　すぐに掃除をしなさい。早く窓を開けて、帚《ほうき》とハタキを出して……」

「どうオフクロさんのその後は？」

私は電話で手術後の母の具合いをお手伝いのサヨに訊いた。サヨが不機嫌に言った。

「白内障の手術も考えもんですね」


自分の目の治療の話を少し書いておこうとしたら、たちまち一週分の文章になってしまった。

——ああ、そういうことか……。

以前、先輩作家たちの随筆を読んでいて、どうしてこんなに人が亡くなった話と病気の話が多いんだとうんざりした。それがこうして書いてみると、内容はさしてないのにさらさらに進むことがわかった。読む方は何も面白いわけがない。この原稿をこのまま出すかどうか迷ったが、二度と病気のことは書かない戒めとしようと編集部に送った。

施術の前夜、馴染みの銀座の鮨屋へ行き、よせばいいのに少し目の話を口走っていた。

「あら伊集院さん、たしか去年が歯でしたわね。それで今年が目ですか。じゃ来年は」

私は鮨屋の女将の顔を見返した。

「ハ、メ、マラと言いたいのか」

「ハ、メ、マラって何ですか？」

かたわらの銀座のネエチャンが訊いた。

——オイオイ、本当に知らないの？

どんどん日本語に死に絶える言語が出る。

君はもういない

親が亡くなってみて、親が自分のことをどんなに大切にしてくれていたかがわかる。

そうして時間が経つにつれ、親がどれほどさまざまなことを自分にしてくれていたのかがわかって来る。

このことを大半の人は、親を亡くしてから知るようになる。

知れば知るほど、有難みが湧いて来る一方で、どうしてあの時、あんな言葉を親に口走ってしまったのか、とか、どうして亡くなる前に、もう少し孝行ができなかったのか、と悔むのが、世の中の常なのである。

女性などは子供を産んで、育てはじめると、そこで母親がどれほど自分を大切にしてくれていたかを思い知る。そうして女性たちは思うのである。

――もっと母さんにやさしくしておけばよかった……。

私は、その後悔に似た念を抱くことが、実は大切なことだと思う。そこで初めて、それまでは気付かなかったこと、考えが及ばないことを知るのは、人間として善きことに出逢ったことだと思う。

――ではなぜ？　そのことに気付かなかったのだろうか？

それは近くにいつも居てくれて、なおかつ居ることが当たり前のように思えたからだ。親でなくとも、近しい存在の人に対して、私たちは、そこに居てくれることが当たり前に思えると、その人の気持ちを考えようとしないし、いちいちそう思わずとも、居てくれるだけでよかったのだ。

人間は迂闊な生きものではないのかと思うことがある。安心、安堵を抱ける人がそばに存在することが、どれほど恵まれているのか、その人にむけて敢えて思い起こすことがない。だから安心、安堵なのである。

明日は、私が長くお世話になった長友啓典さんを偲ぶ、ささやかな会が催される。家人も出席するために上京して来た。私たちの仲人親なのだから当然とも言えるが、私は彼女に言った。

「別に式次第を作って、ご家族か、誰かがあらたまって辞を述べることがなくて、皆が三三五五、トモさん（長友さんの愛称）のこれまでやって来た仕事が展示してあるのを見るだけなのだから……」

それでも先月彼女は会に出たいと言い出した。そうか、とだけ返答したが、やはりナ、と思った。彼女が体調が芳《かんば》しくない中でわざわざ上京すると決心したのは、単純にトモさんが仲人親であったことだけではないのが、私にはわかる。

私と出逢う以前から、彼女はトモさんを知っていて、想像するに、何かの折に、トモさんの一言や、何気ないことで救われたのだと思う。おそらく間違いない。

間違いない、と私が言い切るのは、トモさんという人が、そういう、他人に手を差しのべることを平然として来た人物であるからだ。

〝皆のトモさん〟と妬み半分で言う人、そう誰かが言って、皆が、そうだ、そうだとうなずく人物であった。

人柄と書けば、それで済むが、それで済まないものがトモさんにはあった。

昨日、某新聞社の女性記者がトモさんの取材にやって来て、いろんなことを訊かれたが、

「あの人を一言で言いあらわすことは、私にはできません。敢えて言うなら〝皆のトモさ

ん〟だったと言うことで、それがどれだけ素晴らしいことかと言うことです」

としか言えなかった。

女性記者もうなずいていた。きっと彼女もトモさんの何かで救われたのだろう。こう書くと何やら、教祖さまのように聞こえるが、私は長くつき合って来て、当人がしでかした失敗をいくつも知っているので、教祖と言われるほどの偉大さも、バカ加減もありはしないと言い切れる。それでもなお、明日の会で自分が平静にいられるかの自信はない。

〝トモさんの不在〟がどれほど切ないかをこの四ヵ月でようやくわかって来た人間がおそらく集まるのだろう。

怒った顔を見た人がいない。人の悪口を言う場面を誰も知らない。いつもニコニコして大きな耳タブを指でさわり、面白《おもろ》いもんやナ世の中も、人も、と手元のウィスキーを舐めていた。もう一度、あの鼻歌が聞ければと思うが、思えば思うほどせんなきことである。

人に、安心、安堵を与え続けることが、実は大変だったのではと尋ねてみたい気もするが、おそらくトモさんは言う。

「そんなん思ったことは一度もないわ。自分《わて》が一番面白かったんや。ほんまやで」

こう書いても、まだあの人の芯のところに触れてない気がする。ありがとう、トモさん。

第三章
雨が降っていた

愛された記憶

もう何度そこに立ったか覚えぬが、仙台駅のプラットホームに立つと、ひとつだけ楽しみがある。
若い父親なり、母親に手を引かれて、電車の到着を待つ子供の姿である。その瞳をひと目見ただけで、その子の胸のときめき、いっぱいにふくらんでいる期待のようなものが伝わって来る。
新幹線の車輛を見学に来た子供だ。駅員さんが教えてくれるのだろう。そこが東京行きのはやぶさ号とこまち号が連結しているところが停止する場所だからだ。
ほどなく電車が来ることを若いママなりパパが彼、彼女の耳元でささやく。もう先刻から彼等の目は電車があらわれるであろう線路の先に釘付けになっている。そうしてプラットホームにアナウンスが流れると、その瞳はさらに大きくなる。やがてホームに電車が入り、目の前に停車したこまち号の美しく光る車輌を見つめる瞳は、これ以上見開けないほど大きくなり、まぶしいほどかがやいている。

——なんてまぶしい瞳だ……。

これほど人の瞳がかがやく瞬間は、他ではあまり見かけない。あとは夕刻、彼氏と待ち合わせて、ようやく相手の姿を視界の中で見つけた時の女性の、あの瞳くらいか……。

私は父の手の感触を知らない。手を引かれたことも腕でかかえられたこともない。父はそういうことを子供にする人ではなかった。

では一度もないかと言えば、それは違うらしい。らしいと書いたのは、大人になって母に言われた。

「あなたが生まれてほどなく、首が据わった頃、父さんはどこへ行くのにも赤ん坊のあなたを腕の中に抱いて、今日は海を見させてやる、明日は汽車を見せてやろう、とそれはもう大変だったのですよ」

——へぇ〜、そんなことがあったのか。

父は三ヵ月余り、赤児の私をそばに置き、やがて、しっかり教育をしてくれ、と母に返したと言うのである。

六人の子供の教育はすべて母がした。チャーチル会という絵描き教室へ子供たちは画板を手に並んで家を出た。長男の私は特別いろいろやらされた。書道も母が教えた。新聞紙片面が真っ黒にならないと外へ遊びに出してもらえなかった。母が目をはなすと、遊びに行きたくてしかたない少年は一気にペンキ屋のように新聞紙を黒くした。母に見せると、

「あなたは何をしてるの？　字を書くためにに今座ってるのでしょう。いい加減なことは皆わかるのよ。上手な字を書くためにこれをしてるんじゃないのよ。いい加減なことをしないことを覚えるためにやっているのよ。情けないことをしないで」と叱られた。

先日、仙台に母から電話が入った。家人の電話にである。母は私が作家という職業になってから、直接電話をしない。仕事の邪魔をしないことが、彼女自身が作ったルールらしい。

電話を家人から受け取ると、母の日の花の礼である。礼を言うとすぐに切ろうとする。苦笑しながら、電話を切った。

そんな母が一度だけ私に真剣な声で電話をして来たことがあった。

もう三十年前のことである。

「どうしたんですか？」

「今朝テレビで北朝鮮のフィルムが流れました。そこに飢えて亡くなっている人の遺体が放ってありました。それから……」

そこで声がくぐもった。泣いているのがわかった。

「それからどうしました？」

「子供たちが食べるものがなくて靴の底を噛んでいたんです。その靴底を奪い合って、どの子も皆痩せ細って……。あなたは東京でちゃんとした仕事をしている方ですから、どうかあの子たちを救ってやって下さい」

「…………」

すぐに返答のしようがなかったが、父から教わっていた言葉を思い出し、口にした。

「わかりました。なんとかしますから、大丈夫です」

父に、女、子供が心配な顔をしていたら、大丈夫だ、と応えてやれ、と教わった。

ほんの三十年前の話である。

私は、北朝鮮の若い指導者がいかなる美辞麗句を並べようとも、寒波、冷害が襲う度にまだ餓死する人、食糧のない子供たちが平然といる国だと思っている。

民を飢えさせてもかまわぬからと膨大な軍事予算で作った核を、本気で棄てると思っているのだろうか。インド、パキスタンしかり、一度核を持ってこれを廃絶した国家はひとつとしてない。ジャーナリストたちの目はいったい何を見ているのだ。

米朝会談の功績にノーベル平和賞？　寝言は寝て言うものである。

忘れない

大人になるのはいったい何歳なのですか？

時折、若い人からそう尋ねられる。

「まあ成人式と言いますから、二十歳というのを基準と考えるのもひとつでしょうね」

「伊集院さんもそうでしたか？」

「私は違います。今言った二十歳のことですが、厳密に言えば、成人と言うことで、その日から大人になるとは言えません。ですから、成人は、大人の意識を持つことなんでしょうね。私の場合は、正確には私の家で、父親と私の間では、こう言われました。〝おまえは今年で十五歳だ。十五歳というのは、昔は大人になることだ。大人というのはわしに何かあったら、この家をおまえが支えていかにゃならんということだ。母さんも、姉、妹弟を皆おま

えが支え、食べさせることだ〟と真剣な目で言われました。ですから私は十五歳の時、もう子供ではないのだと考えました」

「そりゃ凄い。珍しいですよ」

「凄くも、珍しくもありません。私は父に何かあったら、学校をやめて働きに出るのだと思っていました」

幸い父は九十一歳まで生きてくれて、そのお蔭で、私は作家という社会の役に立っているかどうかいささか疑わしい仕事ができている。

妙な話からはじめたが、今世間を騒がしている某大学のアメリカンフットボール部が関西の大学との定期戦において、監督、コーチの命令で無防備な状態の相手に、あきらかに不正なタックルをした事件のことで少し話しておこうと思ったからだ。

まずはあのタックルは、反則以前にスポーツ選手として、いかなる理由があったとしても、してはならない行為であった点はあきらかである。三週間の負傷で済んだのは奇跡に近い。アメフットの歴史が本場アメリカで誕生してから、百五十年は経っていまい。その中であのプレーに似たもので半身不随の身体になった選手は千人をくだるまい。死亡者も出たはずだ。そのために年々ルールも厳しくなった。たとえ故意でなくとも悲惨な事故が起きるスポーツである。

それが故意であった点に、スポーツ選手としてだけではなく、人間として失格の烙印を押されても、これはいたしかたなかろう。

加害者の選手しかりである。マスコミは彼の会見を見て、まだ二十歳の若者、と言うが、二十歳はきちんとした大人である。

罪を認め、謝罪した点は救えるが、一生背負わねばならぬものを、彼は背にしたことになる。踏ん張って生きるしかない。

さて問題は、不正を命じた監督と、これをうながしたコーチである。六十二歳と三十歳なら、これは十分罪を背負い、いかなる罰則も受けられよう。このまま大学の理事におさまるなどできるはずがなかろう。

これを理事に置いたままなら、大学は窮地に追い込まれる。関係者が想像するものをはるかに越えたものになる。文科省、スポーツ庁もこのまま放置をすれば、ふたつの省庁の存在がおかしくなる。

この事件、私たちが見逃しがちなのは、被害に遭った関西の大学が、事件の状況を把握し、すぐに謝罪を求める記者会見をしたことにある。

最初は、珍しいことだ、と思ったが、ビデオなどを見て、ほどなく悟った。

――これは初めてのプレーではないはずだ。

これまでも、これに似た状況があり、選手の生命を守らねば、と監督、ディレクターは会見の場をつくり、挑んだと言って良い。

スポーツでなくとも、不正が起こる時は、それ以前に似かよった状況、これを容認してしまう人間の愚かさが表出する。

戦争が一番わかる例である。太平洋戦争は軍部の暴走という歴史認識を抱いているとしたら大間違いである。日本人の大半がアメリカを憎んだのである。明治以来、敗れることを知らなかった国民は、勝てると信じた。そうでない反対を唱えた者は皆牢獄へ入った。

体育会としては、百五十人余りの部員をかかえ、歴史、伝統は申し分ない大所帯だ。

二十歳なら十分な大人だと先述した。この先、指導者は変わるだろうが、子供扱いする指導法をやめることが先決である。

廃部の話もおそらく文科省、スポーツ庁から出ようが、それは残された部員と家族のことを考えれば、重過ぎる裁断になる。

ただこの大学への進学は当事者が考えるよりも大幅に減る。すでに世論の大きな枠に入ってしまった事件だからだ。世論の皆が皆正しいとは限らない。逆のケースも多い。しかし、時折、世論が大衆の意志を反映する時がある。今回がそれだ。世論おそるべし。

美しい人

先週の日曜日、早目に仕事が一段落着いたので、正午過ぎの地下鉄に乗って中央林間まで出かけた。

休日の午後の電車は空いていた。

目の前に赤ちゃんを膝の上に乗せた若いお母さん。母と子が時折、顔を見合わせる。まぶしい情景である。私たちが普段、目にすることができるさまざまな風景の中で、母と子の仲睦じい姿ほど、美しくて、安堵するものはないのではなかろうか。

次の駅でベビーカーに赤ちゃんを乗せたお母さんが乗り込んで来た。よく見ると車輛の中の奥にも母と子がいる。

渋谷を過ぎて電車が少し揺れた。

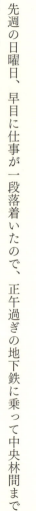

途端に、むかいの赤ちゃんが泣き出した。

元気な声である。

——この声ならイイ子になる。

その泣き声を聞き、ベビーカーの中の赤ちゃんも泣き出した。二人の母親が顔を見合わせ、一瞬微笑んだ。合唱がはじまった。

私はその合唱を聞きながら、こういう機会はなかなかない、たまに電車も乗ってみるものだ、と思った。合唱は終らない。

むかいの若い母親が申し訳なさそうに、私に会釈した。近くの客は私しかいなかった。

私はちいさく首を振り、大丈夫です、と笑った。

赤ちゃんは〝泣くのが仕事〟と母親から教えられた。私なんぞ、台風のように泣いていたそうである。

ほどなく電車は地上に出た。三月のような陽光である。陽差しが母と子を包む。

——やはり美しいものである。

年の瀬、生家に帰省する折に乗った飛行機でも、右と左が赤ちゃんを抱いたお母さんだった。私は少し緊張した。無垢な赤ちゃんのすぐそばに、私のような毒の固まりのような男がいて、大丈夫なのだろうかと思った。

その折も、飛行機が少し揺れて、合唱隊の真ん中に座ることになった。両方のお母さんが小声で、すみません。いや大丈夫ですよ。

前のシートの若者が、うしろを振り返り、迷惑そうな目をした。君たちも赤ちゃんの時があったんだろう。

——コラコラ、そういう目をするんじゃないよ。君たちも赤ちゃんの時があったんだろう。オジサン怒るよ。怒らしたら君たち泣くことになるよ。

電車の母子もそうだったが、お母さんはいろんな方法で赤ちゃんを泣きやまそうとする。ちいさなぬいぐるみのクマさんだったり、ミルクだったりする。それを見ていて、お母さんは大変だと、つくづく思った。

もう少しシートがひろければいいのにな。前方のプレミアムシートに乗っている若い男女を思い出し、あいつらを窓から放り出して、お母さんと赤ちゃんが座れたらと思った。

私も電車では少し高い料金の席を取ってもらって仙台に帰る。その折、どうしてこんな若者が高額な席に、平然と乗り、しかも足を投げ出し、ゲームを夢中でやっているのかわけがわからない、縛り付けてデッキに吊《つる》したい気持ちになる。しかしそういう若君はどうして揃いも揃って、バカ面《つら》なんだろうか？

――こっちは金を出して乗ってんだ。何か文句があるか？

ありますナ。そこは金だけ出して座る席じゃないんだ。恥を知れ、バカモン。

中央林間で電車を降り、荷物をかかえて出た（実はゴルフバッグを持っていた）。ゴルフコースの送迎バスが来た。乗り込む客は私一人。「珍しいですね。電車で見えたんですか」と運転手さんが笑う。「恥ずかしい話ですが、電車で通う予行演習なんです。去年、お盆の時、車で遅刻をして恥ずかしい思いをしましたから」「それは、それは」

ロッカールームを掃除し、練習場で少し打ってシャンク（ゴルフ用語でいきなり右方向へボールが出ること）の矯正をしたが、いっこうに修正できなかった。私のシャンクも第二段階まで来ている。第一段階は打つ前に「もしかしてシャンクするのでは」と不安があって、それがシャンクとなった。今は打つ前に「シャンクするならしてみろ、この野郎！」と開き直ると言うか、闘争心で対応している（実は何の役にも立たないが）。

神保町の駅の階段を登るとすでに冬の陽は落ちて、星明りが見えた。

ギョーザで一杯やりたいナ、と私にしてはそんなに好物でないものを食べたいと思った（実際は飲みたいだけだが）。店を探しているうちに常宿に着いたので、シャワーを浴びて、夜の仕事にかかることにした。

こころが真っ直ぐな人はボールが曲がる。

こころが澄んでいる人はボールがシャンク。

そんなことを雑記帳に記して、新聞小説を書きはじめた。母子が見られたので良い日だ。

懐しい人たち

東京に居る時は、週に一、二度、鮨屋のカウンターに座る。

鮨が、大の好物かと聞かれると、そんなことはない。若い時は鮨をたら腹食べたことはあるが、そんなことはもう何十年もない。

と言うより、満腹になるほど飯を食べた記憶は、もう何年もない。

酒を呑むせいもあるが、いつの頃からか、食べることにあまり興味がなくなった。

そういう性分なのだろう。

どこそこの何が美味い、と口にすることが嫌なのである。どこの職人、調理人も懸命にこしらえているし、彼等に家族もあり、生計を立てているのだから、こっちの店の方がどこそこより美味い、と口にするのは、大人の男がすることではないと思う。

だからグルメ、美食家と称して、店の味を批判する輩と卑しい男たち、女たち（女はまあいいが）が好きではない。やわらかく書いたが、嫌いなのである。

美味いと不美味《まずい》の料理があれば、それは私も美味いものを口にしたいに決っている。

これは美味いナ、と思うが、口にしない。

有難い、と腹で思うだけだ。


話を戻して、鮨屋の話である。

旅で地方に出かけても、鮨屋の暖簾、店の構えが目に入ると、

——どんな鮨屋だろうか。どんな職人が握っているのだろうか。

と思ってしまう。

その旅が一人なら、時間があればスーッと入る。

カウンターの隅で、肴を注文し酒を呑む。

主人なり、職人の風情を見る。それで酒はすすむ。

鮨職人という人たちが好きなのである。

彼等の働く所作、表情、目付きを見ていて、大人の男の仕事だナ、と思うのである。

店に入らずとも、鮨屋の回りを、そっと覗き見たりする。

そんな時、下ごしらえをすべて済ませた夕刻前、裏場の小椅子に腰を下ろして、鮨職人が煙草をゆっくりと呑んでいる光景を何度も目にしたことがある。

実に、美味そうに、鮨職人は煙草を呑む。

少年の頃、鍛冶屋の仕事を見るのが大好きで、鍛冶屋のオヤジはひと休みする折、必ず煙草を呑んでいた。子供ごころに、その煙草が美味そうに見えた。汗にまみれた顔や首筋に手拭いを当て、フウ――ッと煙りを吐き出す様は、幸せそうに思えた。

煙草には、感心するほど、さまざまな味合いがある。雨の日、風の強い日など、はっきりと味が違う。

数えたことはないが、何百軒、いや千を越える鮨屋を覗いた。つまり千人以上の鮨職人を見たということである。

その中で、名人と呼ばれ、私も、おそらく彼は名人なのだろうと思う人が、三人いた。

一人は関西（大阪）で、二人は東京の職人である。その中の二人はすでに鬼籍にある。

その三人に共通していたのは、煙草を呑む風情であった。鬼籍の二人は、仕事が一段落すると、カウンターの隅で呑んでいた。

これが実に美味そうで、男っ振りが良かった。二人とも奇妙なことに〝チェリー〟を吸っていた。昔は〝ゴールデンバット〟とも言った。

生きている名人の煙草を呑む姿を一度、昼間の裏木戸での姿で見たことがある。

煙草は一日何本かを吸うものだ。何十年と吸っているはずだから、名人の舌先には、当然、煙草の味覚がこびりついている。

今は銀座の鮨屋は、どこへ行っても禁煙である。世の中の流れであるからとやかくは言わない。新しく銀座へ入って来た若い職人（五十歳以下）がやる店は、まずどこも禁煙だ。

何となしに話を聞くと、若い時分から煙草を吸ったことがないと言う。

――そんなものか……。

神楽坂の名人がいなくなったら、日本に鮨職人の名人はいなくなるのではないかと思う。

煙草を吸って来たから、それがイイと言っているのではない。

元来、鮨というものは、屋台もそうだが、炊き上がりの白飯に沸き立つ、かぐわしい香りをともなう湯気のように、煙草の煙りの、あの、言葉では言いあらわせない、切ない香りと隣り合わせて来たのではないのだろうか。

異論もあろうが、そんなことは、私の知ったことではない。

雨が降っていた

朝からひさしぶりの雨である。

窓を伝う雨垂れを見ていると、憂《う》さが晴れる気がする。

どんな憂さ、愁《うれ》いがあるのか、と尋ねられるかもしれないが、このところ、人に逢う用が多いせいかもしれない。

どうしているのだろうか、と想う人には逢えず、本来想うことさえない人に逢うことが続いている。わざわざ来て下さる方には悪いが、サイン会なども、終るとドーッと疲れが来て、自分が緊張していたことがわかる。

挨拶に伺いたいと言われると、たいがいお断わりをする。朝から夕刻まで、毎日休みもなしに働き（当たり前のことだが）、夕暮れの酒を静かに飲みたい。その時間に初対面の人と逢

うことは、私にとってかなりしんどいことだ。仕事を下さる方に、何を生意気な、と思わぬでもないが、仕事はもう五、六年先まで決っているのだから、私のペースでやらせてくれないか、と思うが、世の中はそうはいかないようだ。

新人作家の時、ベテラン編集者から、こう言われた。

「上質の作家になるのなら、つき合いの悪い人間になることです」

その時は、何の話かわからなかったが、この頃、的を射ていた言葉と思うことがある。

〝五風十雨〟という中国の言葉があるが（五日に一度風が吹き、十日に一度雨が降れば農作物がよく実るという。天下が乱もなく太平の意味）、この言葉が好きだ。

いつから雨が好きになったのか。ものごころついた時、独りで軒先から落ちる雨垂れが足元の石を洗い、綺麗な石の地肌があらわれているのをずっと、しゃがんで見ていた。

今でも雨の日、軒先で雨を見ることがある。ほどよい降りなら、通りを歩く人が銀幕のスクリーンの中を流れているように見える。

雨の気配も好きだ。吹く風が急にひんやりとして、ツバメが低く飛びはじめ、視野の中の風景が、その輪郭をはっきりとさせ、色彩が濃くなる。そうして天からの水が、ほぼ満遍に土を、草木を、アスファルトを、建物を濡らし、邪悪なものを洗い落としているふうにさえ思う。

雨の日は思い出すことが多い。

奇妙なことだが、私の半生での忘れ得ぬ日は不思議に雨が降っていた。

弟の亡くなった日も、前妻の日も、そうだった。近い雨では、長友さんの通夜も雨である。

遠い日、雨の日にいとしいと想っていた人と別離をしたこともあった。

「好きな人がいるんです。ゴメンナサイ」

小走りに立ち去る相手のうしろ姿を見ながら、降っている雨に、傘をたたみ、顔を空にむけた。衣服もずぶ濡れて、

――もうボロボロじゃないか……。

と吐き捨てた夜が懐かしい。

失恋は、そりゃしないで済んだ方がイイに決っているが、失恋をした人間の方を、私は信用する。

色男や、ボンボンは、なぜ失恋をした方がよいのかをわからず、バカのまま一生を終え

る。甘チャンの人生なのだ。なぜ甘チャンか？　それは苦味《にがみ》の味覚を知らないからである。料理にとっても、酒にとっても、苦味が上質への必須条件である。口にするものでさえそうなのだから、ましてや人の生き方であるならなおさらである。

若い人から（子供でもいいが）、何か一言と頼まれると、男子なら〝孤独を知れ〟と書くことがある。

人と人の間と書いて人間だ、わかるかね？　と口にする人がいる。何を言ってやがる。それは理屈で、道理、真理とかけ離れたものである。理屈は、やることをやった後での無駄口の類いのものだ。

男子は、大人になるまでに体得しなくてはならないものが、いくつかある。

独りで歩ける心身。他人に迷惑をかけない。己一人のために生きない。志しを抱く……。それができなかったから、国の未来である子供の教育を私有化するバカが出るのだ。

ノアの箱舟の、あの雨の発想？は案外と人間のなすことの本質を突いているのかもしれない。私を含めて、大人の男がもっときちんとしなくてはいけないと言うことか。

雨の日の煙草の美味さは、絶妙である。

煙草を吸う人がいなくなった国は、私は必ず滅びると思っている。

君よ、ありがとう

宮里藍さんが、今季限りでの現役引退を発表した。三十一歳という年齢での引退が早過ぎるという声もあるが、私はそう思わない。

十一年前の初春、私は縁あって、これからアメリカ女子プロツアーに挑戦するためにロスアンゼルスで練習に励んでいた彼女の話をゆっくり聞いたことがある。一ヵ月前にアメリカツアーに参戦する資格を得る予選会を堂々一位で通過したばかりで、すべての状況が彼女が世界のトップを目指すべく、まぶし過ぎる時期だった。その時、驚いたのは、彼女の口から「いつかゴルフを離れる時が来ても、それはすべて自分で決断します」という言葉だった。二十歳《ハタチ》そこそこの女の子は私が想像していた以上に、生きる、生活をして行くことについて考えていたのが意外だった。

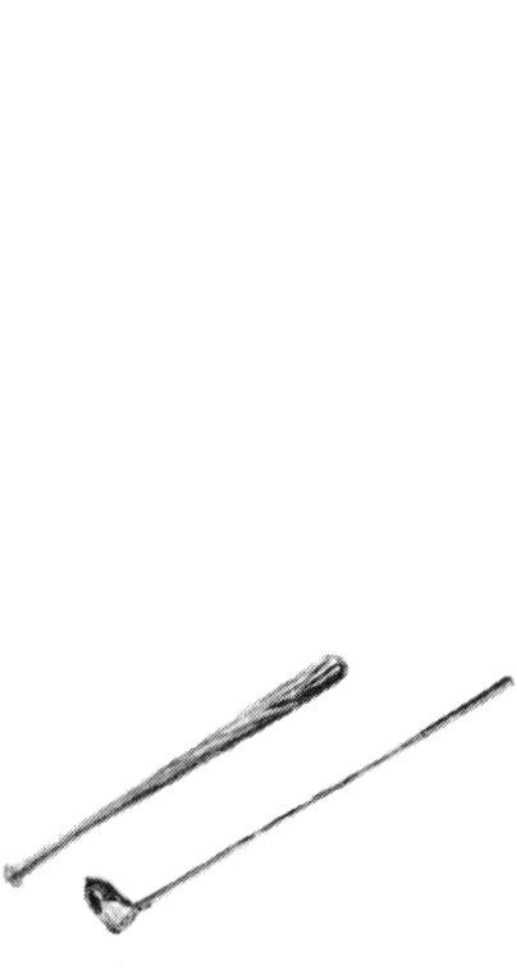

こう考えざるを得ない精神が培われるのは幼少期に社会、世間というものの厳しさを現実として見せられた若者に起こることだ。

わかりにくい言い方をしたが、藍さんの家族、特に両親の子供の教育が厳しかったからだろう。子供は親を見て育つのである。

記者会見は紙面でしか読んでないが、宮里藍さんらしいナ、と思ったのは、パッティングのイプス病があったのを、その当時、彼女が一度も口にしなかったことである。戦う限り自分の負は口にしない。だからこそ自身の限界を判断できたのだろう。

宮里藍さん、君のお蔭でどれだけの日本人が楽しい時間をもらったか。ありがとう。

二人の兄と妹がゴルフというスポーツの中に喜びと夢を持つようになった時、宮里家は決して裕福な家庭環境ではなかった。それが彼等の、負けてたまるかという精神を作ってくれたのも事実だろう。そうして人に対する接し方を徹底して叩き込まれたのだろう。プロスポーツ選手である前に、一人の社会人としてきちんと生きていけるかの方が大切なのである。ご苦労さまはむしろ御両親に言いたいが、藍さんはまだ三十一歳、これからが本当の人生の出発である。

プロスポーツのスター選手が現役を引退した後、半分以上が躓《つまず》くのは、次の人生が正念場であり、現役時代よりも厳しいことが理解できていないからだ。

セパ交流戦の初戦でジャイアンツの菅野智之投手がイーグルス打線に打ち込まれた。しかしこの次、彼が投げればおそらく負けることはなかろう。それほど菅野投手は有能な選手である。私はもう野球中継をほとんど見ることはないが、家人が異常なジャイアンツファンなので、敗れるより勝った方が家の中のムードが良いので、現役選手のプレーを家人の隣りで少し見るのだが、菅野選手がピカ一だった。身体能力もそうだが、投球術と気力のバランスがイイ。このままいけば歴代のなかでも有数な名投手になるだろう。私は彼の入団時、ジャイアンツにこだわる姿勢に批判的な文章を書いたが、今はそれを恥じているし、謝りたい。

ガンバレ、菅野君。

野球と言えば、遠い日、私が少しだけ所属していた立教大学野球部が十七年振りにリーグ優勝した。

年に二回、大学の野球部の同期とゴルフに出かける。その折、現役チームの状況を彼等が語るのを聞くことがある。それは皆優勝して欲しいのだろうが、あれじゃ無理だ、あそこであのプレーはないだろう、と貶《けな》す言葉の方が多い。OBとはそういうものだ。去年、同期の一人がOB会の責任者に選ばれた。会計の責任者も同期という。そのOB会長は大学卒業後、ジャイアンツにドラフト一位で入団し、七年の現役生活後、池袋でうどん屋を開店した。良妻の助けで、今も繁昌している。十六年前、肝臓癌で余命一ヵ月の宣告を受けた。それが生体肝移植手術により奇蹟的に助かり、今も元気にしている。奥様の肝臓で生きている。野球とうどんのことしかわからぬが（失礼）、人生の中でふたつのことがわかるのはたいしたものである。

私のこれまでの日々は悔みの積み重ねが山のごときであるが、中でもアマチュア野球を最後までやり通せなかったことが、悔みの山の頂に近い処にある。

今でも野球部の寮で、夜半起こされ、長い時間、正座をさせられ、叩かれ、殴られ、蹴られた日のことを思い出すことがある。二十歳そこいらの若造同士のシゴキであったからたわいもないことではあったろう。それは誰だって殴られるのは嫌である。しかしその状況で敢えて（仕方なくか）自分の面を前に出した日々は、今考えると、ないよりあった方が良かったと思っている。体罰を肯定しているのではない。物事を耐える力が少しつくこともあると言いたいだけだ。理不尽は若者に何かを与えるひとつの例だろう。

それにしても野球の寮の本棚に一冊の小説も置いていなかったのだから、やはり退めたことは間違いではなかったのかもしれない。

苦しい時間を経て

夏の休みの直前まで仕事をやらねばならなかった。

夏休みと書いたが、作家に夏休みも、正月もない。人が遊んでようが、休んでいようが、仕事をし続けるのが作家という職業だ。

しかし雑誌、編集者には少し夏休みがあり、特大号、合併号と称して、二週分をひとつにして、一週間程度の休みを作る。そのために締切りが変則になり、作家は二週分をまとめて書かされる。元々は印刷会社の従業員の休日のためであった。見方によっては、印刷会社の従業員の方が作家より格上ということになる。

仙台に戻る電車の時間が来ても終らなかった。予約をキャンセルして、仕事が一段落着いた時は、最終便に近い時刻だった。急いで上野駅に行った。

連休前と言え、帰省客はこんな遅い便には乗るまい、とプラットホームに立つと自由席の場所は、見たことのない人の多さだった。

——嘘だろう?

何のことはない。遅い電車で帰る人は少ない、と考えている者が多かったのである。私の考えもたいしたことはない。電車がホームに着くと、自由席はデッキまで人があふれ、山手線のラッシュよりすさまじい。

——乗らねば東北一のバカ犬が、午後から玄関に座ってじっと私を待っている。

ひさしぶりに見知らぬ若い女性と身体が密着状態で二時間余り立つことになった。それが嬉しいという御人もあろうが、私には少し辛かった。おまけに翌日の競輪の予想を電話で関西のスポーツ紙に送らねばならなかった。

「S記者、違うって、捲ってから差すの」

トンネルも多いし声が大きくなる。

「よく聞いてくれ。捲ってから差すんだよ」

すると密着していた若い女性が私を見た。

——お嬢さん、違うんだ。競輪用語なんだ。ワシを変態みたいな目で見ないでくれ。

休みの前半は、テレビ中継の全米プロゴルフを見ていた。松山英樹君が優勝候補の一人で、しかも三日目まで首位に迫っていた。松山君は強くなった。すべては彼のゴルフに対する姿勢である。厳しい練習を自ら課して、渡米後の三年間休むことなくやり続けたからだ。プロスポーツは天才でない限り、若い時にいかに苦しく辛いことをどれだけやれたかで、登る山のかたちが変わる。大人の男の仕事もそうである。だから私は若い人に「きびしいことを言うようだが、若い時に辛い、苦しい時間を自ら持ち、それに耐えて励みなさい。才能も家柄もない人はそれしか一人前になれる方法はない」と話すのだが、何で自分だけこんな苦しいことをせにゃならんの、皆遊んでるのに……と放り出せば、それでもう夢や希望は遠去かるのを、彼等は知らない。

最終日の松山君は、これまでのメジャーの大会と顔付き、姿が違っていた。よほど期するものがあったのだろう。全米オープン、全英オープンの最終日とは違っていた。松山君は失敗するとそれが顔に出ることがある。まだ若いということだが、失敗を顔に出せば勝負事は敗れる。その日は短いパットを外しても顔色を変えずに耐えていた。口を真一文字に結んだ表情は凜としていた。耐え続ければ勝利の女神が微笑む試合を私は何度も見て来たから、3

ストローク差の18番でさえまだ何が起こるかわからぬと思った。

結果は五位に終った。しかし私はこれまでの彼のプレーではじめて大人のゴルフを見ることができて、やはり素晴らしい若者なのだと、あらためて応援し続けた甲斐を得た。

ホールアウト後、彼は感情が揺れ、耐えていたものが一気に出た。その直後のインタビューで一人のインタビュアーが「勝てなかった原因は何ですか?」と質問した。

——バカな! プレー直後だぞ。大人の男がベストを尽くした二十五歳に、今訊くことか。

「考えてみます」よくそう応えた。

戦場から血を出して帰った若い兵士に、その血は、敗れた原因は、何ですか? と聞くようなものである。配慮がなかった。

数日して、なぜそう質問したかを考えた。

インタビュアーはたとえ嫌われようとも視聴者が知りたいことを訊くのが仕事である。

この頃、ゴルフのメジャートーナメントの中継を見ていて感じるのだが、少し傲慢が出ているのではないか。ゴルフはアマチュアのものでもある。技術面はプロゴルファーの説明を聞くが、ゴルフというスポーツの真髄を語れるプロなどいないに等しい。スポーツの真髄とは何か? 人間形成とスポーツの関りの中にあるものだ。その点はアマチュアの方がよく考え、実践している。だいたい今のプロの服装は何だ！　チンドン屋じゃあるまいし。

松山君は結婚をして子供もできたそうだ。おめでとう。家長であるなら、二度と人前で感情を揺らさぬことだ。もう子供でも、若者でもないのだから。しかし君のお陰でゴルフの品格が見えた。ありがとう。

あれでよかったんだ

徹夜明けで、仙台から新幹線で上野にむかった。

このところ新幹線に乗ると、小田原での、あの新幹線車内での事件のことを考えてしまう。自分があの車輛に乗っていたら、どうしていただろうか、ということである。

女性たちを助けようと犯人にむかって行った人は本当に立派で、勇敢であったと思う。犠牲になられたことは残念で仕方ないが、彼が即座にとった行動は大人の男として、かくあるべきものだったと私は思う。

犯人の凶行には憤怒する。家人には悪いが私も同じことをしたはずだ。立ち遅れて車内に入れば、犯人の背中を蹴るなり、羽交締めにはできたのではないか。女性たちが避難したのは、女、子供であるから当然のことなのだが、あの車輛に成人男子がどうして居なかったの

かがよくわからない。皆が逃げ出すとはとても思えない。成人男子とて、いきなりあの状況が起こればパニックになるのはわかるが、大声を出すなりして制止する行動はできたのではないか。

ではなぜすぐにそうできなかったか。それは普段の生活の中で、いきなりあのようなことが起こると想定できなかったからであろう。それでも逃避するだけができることであったかは考えるべきだろう。私は、その人たちを悪く言っているのではない。己の身の安全が第一なのは当たり前のことだ。まず犯人が何者であるかもわからないし、どんな凶器を振りかざしているかもわからないのだから、そこへ突進することは無謀な行動である。

それでも今回の事件を教訓にして、これをどうすれば犠牲を、被害を最小限にできるかを考え、どんな方法があるかを、それぞれの成人男子が学んでおくべきだと思う。

私はこういう状況の訓練が、中学なり高校でなされるべきだと思う。

——そんな過激なことを……。

という意見もあろうが、護身の術を体得してしかるべきだし、防御、さらに言えば凶行を一人の力ではなく、何人かが力を合わせてくい止める方法はあるはずである。

父が私に、運動なり、武道をするように命じていたのは、己の身体は己で守れる能力を身につけておけ、という前提があった。

たとえ非力であっても、男子は自分の身を守れる術を知っておけ、ということと、女、子供を守ってやれる力を鍛えておけ、という父の意志があった。

海外へ行き、酒場などで何のはずみか、悶着が起きることがある。その折、私は、日本人は簡単に相手と組み合うなと言う。

それは日本以外の大半の国には軍隊があり、徴兵制度もしくは、それに準じた時間を男子たちが若いうちに体験しているからである。

若い時に、一定期間、己の身を守る術、攻撃に対する対処のしかたを訓練している者と、そうでない者には、想像以上の能力差が生じるのは当然のことである。

断わっておくが軍隊を持つべきだと言っているのではない。それは断じて反対である。ただ若い時に、そういうものを体得するための時間を持つことは、あってしかるべきだと思うのである。そうしておかないと日本人は軟弱な民族になってしまうのではないか。

あの勇気ある男子への哀惜とともに、私たちが何かをできる力を養うべきであろう。


上野について国立西洋美術館を訪ねた。

〝ミケランジェロと理想の身体〟と題された展覧会を鑑賞した。

ミケランジェロの彫刻作品が二点展示してあるというので楽しみにして出かけた。運良く主任研究員の飯塚隆さんに案内をしてもらい、まずは〝ダヴィデ＝アポロ〟という奇妙なタイトルの作品を見た。未完の作品だが、ミケランジェロの特徴はよく出ている。タイトルが奇妙なのは、ダヴィデを彫ろうとした彼が途中でアポロに変えたという説があり、未完故に、変てこりんな名前になったらしい。五十歳を過ぎた折の作品だ。もう一点は二十歳くらいの若い折に制作した〝若き洗礼者ヨハネ〟だった。赤児のヨハネか、イエスに洗礼を与えたヨハネしか私は見てないので、何やらヨハネがとてもみずみずしく、あいらしささえ感じた。飯塚さんは古代ギリシャの彫刻が専門のようで「どうして女神ではなく、圧倒的に男性裸像が多いのですか？」と訊くと、「男性の裸体に人間の理想像を求めていた点と、神の象徴が男性の裸体であったからではないでしょうか」と言われた。

彫刻鑑賞が浅い私は、どうしたら古代の彫刻、ルネッサンスの彫刻を理解できるでしょうか、と尋ねると、こう言われた。

「本物の作品を数多く鑑賞することです」

――なるほど絵画と同じか……。

鍛えられた肉体の作品を見ていた時、ここまででなくとも、やはり身体は鍛えておくべきなのは古代から同じなのではと思った。

わかってほしい

若い人の成長過程で、誉めて伸ばすことが今は主流だという話を聞いた。
教師なり、上司なり、指導をする立場の大人がそう言っているらしい。
誉めて伸ばす方が、成長が速いと言う。
それを聞いて、本当だろうか、と思った。
誉める、と対極にあるのは、叱る、である。
今の日本の大人で、誉めてばかりもらえた人が何人いるのだろうか。
私は、そんな人はまずいないと思う。
日本だけではなく、外国の大人たちもそうだろうと思う。
叱られたことは、忘れないとも言う。

叱られたことは、身に付くとも言う。

ではなぜ、この頃、叱ることが主流ではないのか。

私の想像では、叱ることが面倒だからではないかと思う。さらに言えば、叱ることで、相手から嫌われたくないからではないか。

叱ることが面倒なのは、最初からわかっていることだ。叱ることには責任がともなうからである。

叱るより、ソフトな行為に、注意、忠告があるが、これさえも今は流行らないと言う。

私は、若い人（だけでなくとも）へ、注意、忠告するのは、大人の義務だと考えている。

「コラッ、そんなところでしゃがんでるんじゃない。そこは入口だろうが」

コンビニエンスストアーの入口近くで若者が数人しゃがんでタバコを吸っていた。

彼等は私の顔を睨み返したが、渋々消えて行った。

あとで家人に言われた。

「あのような危ない行為はやめてくれませんか」

「何がですか？　あの若者たちがイケナイんでしょうが」

「それはそうですが、むかって来たらどうするんですか」

「その時は相手をするだけだ」

「それで怪我でもしたらどうするんですか」

「怪我をしてもかまわん。私は、彼等とやり合って怪我をするほどヤワじゃない」

「……ともかくこれからあなたとコンビニには行きません」

「じゃ、そうしなさい」

注意ひとつにしても、厄介なのである。家人曰《いわ》く、面倒に巻き込まれる人にも責任があるらしい。

数年前、仙台から電車で上京した時、発車間際に乗り込んで来て、私の隣りの席に座った男が、電車が動き出してしばらくすると、目の前の壁（そういう席だった）に靴を履いた両足を伸ばして壁に付けた。私は本を読んでいたので、相手の顔も見ずに言った。

「コラッ、そこは足を置くとこじゃない。すぐに降ろしなさい」

足を降ろさないので、私は相手の顔を見返した。

外国人だった。赤銅色に日焼けしている。どこかで見た気がしたが、ダウン、ユアー、フット、と注意した。すると相手はこちらの言わんとせんことが（つまりマナーのことだが）わかったのか、足を降ろし、ソリー、と言った。私はうなずいた。

――うん、わかればそれでよろしい。

もう一度、顔を見て、本に目を戻した時、注意した相手がサッカーのペレに似ている気がした。そう言えばワールドカップの特別大使をして地震の被災地を訪問している記事を、今朝方読んだ。

――ペレだろうが、ダメなものはダメだ。

と自分に言い聞かせた。やがて通訳らしき日本の男が来て、ペレと席を替わった。

先日、銀座の帰りにコンビニに寄り、翌朝のジュースとサンドウィッチを買おうとしたら、深夜のせいか、ジュースとサンドウィッチの前に搬入のワゴンが並んで、品物を取ることができなかった。客は私一人だった。レジへ行き、ワゴンを動かしなさい、と言ったが、名札に楊とある若者は日本語がわからなかった。私が怒鳴ると大きな男があらわれて、どうしたの？　と楊君に訊いた。「どうしたも何もないだろう。ワゴンをなぜあそこに置きっ放しにしてるんだ」と怒鳴ると、彼は謝まって、ワゴンを動かしたが、その態度は不満そうに映った。こちらの言い方もキツかったのだろう。その不満顔に、私はまた逆上し「君はここの責任者なのか？」「いいえ」「ならこんなことはダメだから、昼間ここに責任者に連絡するように言いなさい」と言って連絡先と名前を書いて渡した。その紙をじっと見た大男が、

「○○○を読みました。お逢いできて光栄です」と私を見返した。

「えっ？」私は振り上げた拳の行き先がわからなくなり、「いや、こちらこそありがとう」と言ってしまった。闇雲に叱るのも考えものだ。

第四章
逢えてよかった

苦しくとも生きる

夕刻、仙台に帰ると仕事場の机にスズランの花が活けてあった。

このところ本業の執筆以外の仕事に追われて汲々としていたので、スズランの花を見て気持ちがやわらいだ。

――そうか、もうスズランの季節になったのか……。

スズランは家人が好きな花である。

どこか清楚で可憐な印象もあり、それでいてちいさな花であるのに多くの花房を付けている姿が、家族の賑わいにも似ているし、これみよがしに咲いていないのもイイ。

私も家人も大家族（今ならそう呼んでもいいが、昔は五、六人子供がいる家庭は当たり前だった）であったので、ちいさな子供たちが並んでいる花模様が、どこか懐かしいのかもしれない。

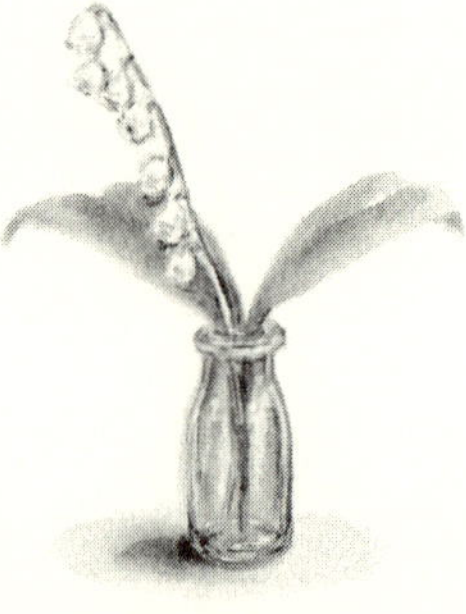

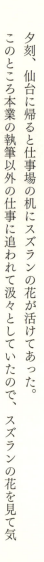

家人がスズランが好きな理由は、一昨年亡くなった彼女の犬がなぜか、この花を好んだからである。花に鼻を付けている写真もある。

同時にアイスというその犬の誕生日がスズランの咲く時であったからだ。

十数年前、いきなり、

「今日はアイス君の誕生日なんです」

と言われた時、正直、驚いた。

――犬に誕生日があるのか！

山口の生家で接した数匹の犬の誕生日を知っている者は誰もいなかったし、犬にしても猫にしても、彼、彼女等が何歳なのかも知らなかった。犬に誕生日はないと思っていた。

今年のスズランを見ていて、あの夜、ささやかな祝いをした折の、家人と仔犬の姿と笑顔がよみがえった。もう十七年前の、夕餉《ゆうげ》の時間である。犬に誕生日がナ……と思いつつショートケーキに一本だけローソクを立て仔犬と吹き消していた。

――あれは、あれで良かったのだろう。

彼等のことを大事にしてくれる家、人に飼われたペットはしあわせである。しかしそれ以上に彼等に慕われた飼い主はもっとしあわせなのだろう。家人とアイスを見ていると、しあわせな時間をもらったのは間違いなく家人の方だとわかる。

彼等は誰かをしあわせにするために、飼い主と出逢うのかもしれない。

私と、東北一のバカ犬、ノボとはどうなのだろうか。

犬は所詮、犬である。私はそう考えている。

父にそれを教えられた。

「いいか、犬の皆が皆家《うち》の犬と同じと思うんじゃない。犬は所詮、犬なのだからな。ましてや他所の犬に近づくな。飼い主を嚙む犬もいるのだから」

厳しい口調で言われた子供たちは、そばで私たちに尾を振る犬と父の顔を交互に見ていた。数匹の犬には小屋もなく、縁の下や納戸の脇で寄り添って寝ていた。

だからアイスが家に来た時（私はヨーロッパにいて、帰国後、家の中で初めて見たのだが）、

「犬小屋を作らないといけないいな」

と私が言った時、家人の顔色が変わった。

「雨が降ったらどうするの？　ここは雪も積もるのよ！」

――えっ、犬を家の中で飼うのか？

南極観測隊のタロとジロの話をしようと思ったが、家人の目を見てやめておいた。

今はノボの鼾《いびき》を聞きながら、私は深夜、仕事をしている。慣れというのはたいしたものである。雪が積もると、外へ出ようとしないノボを見てると、おまえ本当に犬なのか、と言いたくなる。

スズランの花には思い出がある。

最初にパリに行った折、スズランの花を手にした子供たちが、通りを往く大人たちに売っていた。パリはずいぶん恵まれない子供が多いんだナ、と思っていたら、違っていた。

五月一日に各家庭で、子供の小遣いにしても良いと親たちはスズランを与える。革命によって得た民主主義の象徴の花を皆に与えることに意味があると言う。

M先生の訃報を聞いたのは五月のパリの早朝だった。妹からの電話だった。仕事を中止しても駆けつけたかったが、ダメだった。

生きることでの肝心の大半を教えて下さった高校教師である。

訃報を知ってから数日後、半日休みがあったのでパリ郊外のゴルフコースに出かけた。

当時まだゴルフをするフランス人は少なく、一人でもラウンドさせてくれた。打ったボールが林の中に入った。探しに入ると、そこに一面のスズランが咲いていた。百や二百の数ではなかった。私は身をかがめ花を眺めた。

その時、生家の近所にあったM先生の下宿を初めて訪ねた夕暮れのことが思い出された。部屋の壁中に積まれた本と、隅に並んだ酒瓶《びん》、しわくちゃの衣類、古本の匂い……。

「この本を先生は全部読みなさったかね？」

「読んだもんもあれば、これから読む本もあります。読みたいものがあればどうぞ」

そう言って先生は私が母に言われて手にして来た一升瓶と肴のハマチを見ていらした。

「いいから君も一杯やりなさい」「高校生ですから」「そうだ、この本をまず読めば」

その時、薄汚れた部屋の小机の上に牛乳瓶に活けられたスズランの花があり、その横に写真立ての中で先生と美しい女性が笑っていた。そこにちいさな文字で、〝この世で死ぬは易きこと。苦しくとも生きるが自己実現〟と書いてあった。その人がのちの奥さまだ。

「先生、ありがとうございました」

と私は林の中のスズランに言った。

信じてくれた

今回の上京は少々長くなっている。

十日以上、仙台を離れていると、やはりバカ犬の様子が気になる。家人に連絡する。

「不良はどうしてるかね？」

「つまんなさそうにしてます」

――そうか、君も、私もつまらない日々か。

なぜこんなに働きはじめたのか、時々わからなくなる時がある。

若い時に遊び過ぎて、方々借金をする日常が続き、その折、六十歳を過ぎたらましなものを書いて、必ずお返ししますから、とでまかせを口にして借財に歩いた。でまかせであるから根拠はない。六十歳にならんとする頃、皆がそろそろ金を返してもらわねば、という顔で

私を見はじめた。で、私は六十歳を過ぎたら、これまでの倍働いて、少しずつ返済して相手が死ぬか、相手の会社が倒産するのを待つことにした。

五十代の後半から、倍働く予行演習として仕事量を三倍にしてみた。さぞきつかろうと思っていたら、長年遊んだせいか、何ということはなかった。しかしそれは量であって質ではない。しかしやるしかあるまい、と寝て起きたらすぐ書きはじめた。

そうこうしているうちに還暦が過ぎ、何の拍子か本が売れていると出版社が言って来た。

——まさか、冗談でしょう。

冗談ではなかった。うそから真実《まこと》。瓢簞から駒、である。

それまで冷《ひや》やかな目で私を見ていた経理担当までが、ヨオーッ大統領！（そこまでは言わないか）「私、先生が本気を出されましたら必ずやこうなると思っておりました」などと言い出す始末である。私は平然として「そうでしたか……」とうなずき、内心で、何をいまさら、よく言いやがる、と思った。

しかしこの出来事、私はうそから、瓢簞からと思っているのだが、世の中で一人だけ、信じている人がいた。

母である。私が三歳の頃、母は偉い占い師に（こんな職業に偉いもへったくれもないのだが）

私の未来を占ってもらったらしい。これがかなりの確率で的中していた。悲しい事もあったから、彼女はこのことをあまり口にしなかった。聞いたのは私が四十歳を過ぎてからのことだ。

「どうなるんですかね？　私は……」

「あなたは六十歳を過ぎたら冠《かんむり》を被るようになるそうです」

「冠？　頭髪がなくなるってことですか？」

「何を言ってるの。こういうことで冗談を言ってはいけません。いろんなことがよく見えていた占い師さんだから、六十歳まで頑張って下さい」

五十歳を過ぎて知己となった人を大切にするようにとも言われた。

ともかく占い師が振ったサイコロの目がピンのゾロ目と出たわけである。

小説を書くには才能があるだけでは上手く行かない。むしろ才能、才気は邪魔になる方が多い。根気、丁寧、誠実と言いたいが、そんな立派なことではない。良質の小説と、良く売れた小説はまったく違うものだ。

昭和、平成を眺めても、よく売れた作品を書いた作家を見ると、大半は性格が良くないのが多い。では売れないものを平然と書く作家はどうか？　もっと悪い、かもしれない。

「オバサン、小豆《あずき》の入ったカキ氷アイスはなくなったのかね？」

「あら、ありません？　どれどれ、あっ、今日はないわね。入ってたり入らなかったり」

駄菓子屋のオバサンが言った。

すると息子さんがケースに近づき、

「小豆が入ったり入らなかったりがあるわけないでしょう。ほら、ここに。種類が違うもんなんだよ。入ってるのが百八円。入ってないのが百円。何度も言ってるでしょう」

「あら、そうなの」（よく商いしてるネ）

そう言えば三日前、オバサンから小豆入りを百円で買った気がした。

ここでは三日に一度、百円の値段のバナナ一本を買う。翌朝が早い時の朝食代りだ。

それを手に駄菓子屋の隣りの薬屋で、二日酔い解消のドリンクを飲む。

作家が真昼間に、バナナ一本とカキ氷を手に公道を歩くのもどうかと思うが、道すがらうどん屋に五十人以上の客が列を作っているのを見ると、たかがうどんに何十分も並ぶのもどうかと思う。

生きるよろこび

年の瀬も押し迫った夕暮れ、竹橋にある東京国立近代美術館を訪ねた。

この美術館で十二月から三月下旬まで、画家、熊谷守一《くまがいもりかず》の展覧会が開催されているからだ。熊谷守一という画家に出逢ったのは、私が京都に住んでいる時で、祇園、切通しにある馴染みのおでん屋で、彼の作品を初めて目にした。三十数年も前のことだ。

おでん屋で絵画を？　妙に思われようが、少し高級なおでん屋で、守一も中川一政もここで本物にふれた。私はこの店で、四季の花と花器の風情を三年かけて覚えた。

「〝鉄線《てっせん》〟はやはり蕾の時がよろしゅおすな」

「〝虎の尾〟も〝縞すすき〟もこの垂れ方がなかなかどすわ」と話す主人の話を、エビ芋で一杯やりながら聞いていた。

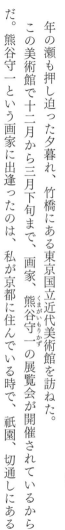

――ふぅ〜ん、そういうもんか……。

旅打ち（ギャンブルの旅をこう呼ぶ）で関西へ立ち寄り、そこで青二才は芸妓にひっかかり、三年暮らす破目になった。

〝オバケ〟や花見や、雪見酒の度に、着物やご祝儀で、えらく金がかかったが、今思えば〝遊びの勉強代〟であった。

熊谷守一と再会したのは、十数年後、岐阜の山奥、恵那《えな》郡、付知《つけち》町であった。私はその頃、或る文学賞を貰い、その祝いにと先輩、友人が仕事机を注文してくださった。そこで私は机を製作する木工職人に自分が欲しい机を説明しに出かけた。

「どういう机がよろしいですか？」

早川謙之輔さんは澄んだ目で言われた。その時、私は木工家がこんなに素晴らしい仕事とは想像もしていなかった。

「子供の時、私は家で働く多勢の職人さんたちが食事をする大きくて長い食卓の隅で、大人たちが一杯やったり、仕事の話をしているのを聞くのが好きでした。そんな机を」

「ほうそれは面白い。して大きさは？　その机の上で伊集院さんが寝ても大丈夫な大きさと考えてよろしいですか？」

「私が寝てもいい大きさ？　それがいい」

「木は栗がよろしいかと。栗は千年持ちます。おまけにあちこちふしがあって、人間も、歪んだり、穴を開けられたりの方が強いですからね」

「そりゃいい。私のこれまでと同じだ」

かくして半年後に一台のトラックが東京の麻布のボロ家の前に着き、机を叩いて言う。

「三百年は大丈夫。三百年、しっかりイイモンを執筆して下さい」

——三百年生きるわけはないでしょう。

その夜半、私は独り机の上に寝た。

ミシッ、ギィギィーと音がする。〝今時なら冷えてくれれば、こいつは話をします〟と早川さんの言葉どおり、机は私に囁《ささや》いた。

机は今も、仙台の仕事場で、バカ犬が仔犬の時に小便をかけた以外は無事である。

早川さんの工房のあった付知町が、熊谷守一の故郷であった。そこで何点かの守一の作品と、貧乏な時代、画家が日傭《ひよう》と呼ばれる材木の切り出しの仕事をしていたことを知った。戦後、日本人初のフランスでの個展のことや、文化勲章を断わった逸話はのちに知った。

守一の絵は眺めていて、実に惚れ惚れする。

普段の暮らしで言えば、きちんとした仕事をし堂々と生きている大人の男に出逢い、その風情に感心するような、美人でなくともその生きる姿勢と凛とした女性の表情に、惚れ惚れとするのにどこか似ているものだ。いやそれ以上か……。

私は守一の作品に出逢い、絵画の考え方が変わった。幸運だったと思っている。

今回の展覧会は『熊谷守一　生きるよろこび』と題されているが、守一は貧乏生活が長く、病いに伏した子供の薬代もなかった。次から次に子供を失った。それでも生きるよろこびとした点に学芸員の並々ならぬ画家への思慕が感じられた。一時間半余り、学芸員の女性から聞いた話は、守一の違った面を知ることができて、有難かった。

守一は書も人気がある。何年か前に画商に守一の〝蒼蠅《あおばえ》〟という書を、あなたなら百五十万円で譲りましょう、と言われた。

——蠅にそんな大金出すバカがどこにいる。

私は、或る時から、物と金を所有せずと決めた。だから所有者とか、預金者というのは愚か者と読むようにしている。

先日、横浜の三溪園脇にある料理店で、福井県の食材でこしらえた料理で一杯やる会があり、そこで米作りの農夫、酒造り屋の若旦那、水産試験場の職員さんと逢った。皆イイ顔をしていた。蟹も美味かったが、酒も、米も、豆乳も美味だった。

「伊集院さん、福井の印象はどうですか？」

「いや、福井競輪は行く度スッカラカンで」

私の言葉に、応えようのない顔をされた。悪いことをしたと反省した。お詫びに、暖かくなったら恐竜博物館へ行くことにした。

ささやかな人生

イタリアから帰国し、溜まった原稿書きに明け暮れていた夕刻、山口の母から電話が入った。

母の声を聞くのはひさしぶりである。

直接母から電話がかかるのは、一年に一、二度しかない。他の子供たちとは電話をしているようだ。

以前も書いたが、母は、小説家としての私の仕事を気遣ってなるたけ電話をして来ない。姉や妹にも、私に連絡を取らぬように言う。

「ひさしぶりです。元気ですか？」

「はい元気です。お礼を申しておこうと」

先日、母は誕生日を迎えた。仙台の家人が花を贈ったのだろう。

「綺麗なお花でした。ありがとう」

「膝の具合はどうですか?」

「はい。もう大丈夫。毎日、散歩してます。では元気でね」

なるたけ手短に話そうとする会話と、すぐに切ってしまう電話に苦笑した。

帰省した折も、母は私とほとんど話をしようとしない。だから二階での仕事が一段落すると階下に行き、母の隣りで、ようやく仕事が一段落しました、と大声で言うようにしている。


二人でじっとしているのだが、母が何かを話すことはない。あとで妹から、あれも訊きたかった、これも話したかったとこぼすそうなのだが、私にはどうしようもない。

先日、高知新聞に、若い頃、私の著書を読んでくれていた記者が、広島出張の折、私の生家を訪ね、母と話をした記事が掲載された。

—潮風に吹かれながら捜し当てた実家では、90歳を過ぎたお母さんが歓待してくれた。

「忠来《ただき》(伊集院さんの本名)は小さい頃体が弱くてね」「雅子(元妻の故夏目雅子さん)は本当にかわいそうだった」。エッセーを読んで思い描いていたのは花をめでる慈母のイメージだったが、肝っ玉母さんのようでもあった。帰り際、お土産にとスナック菓子をいただいた。素朴な心遣いに胸が熱くなった――（高知新聞、五月三十一日夕刊、植村慎一郎）

掲載紙が、この日の午後届いた。

新聞に続いて、母の電話だったので、少し驚いた。

新聞の記事に〝肝っ玉母さん〟とあったが、母の人となりを知る私にとっては、その表現はあながち間違っていないように思う。

これも以前書いたが昔、子供たちが、母に、「今までどんなことが一番怖かったの？」と尋ねた時、母は少し考えてから「機関銃で撃たれた時かしら」と笑って答え、皆が驚いたことがあった。

彼女は、私の目から見た母以外の一人の女性として、さまざまなことに立ちむかって来たのだろうが、私の想像ではあきらかにはなるまい。海難事故で若くして亡くなった弟以外の、五人の子供で彼女に迷惑をかけなかった者はおそらく一人もいないはずだ。

頑固だった父がその代表かもしれぬが、母が父を尊敬し、どれほどいつくしんでいたかは、父のことを語る彼女の表情でわかる。

「皆本当に良い子供でした」

正月に集まった子供たちにもそう言う。

だから昨今の、親が我が子を殺めるという事件などは、彼女の想像を越えることで、その報道にこころを痛めている姿が見える。

小学生の時、母と二人で盛り場の近くを歩いていて、酔った男が母にいちゃもんをつけて来たことがあった。

普段、父から、女の人に何かあったら男のおまえが守るんだぞ、と教えられていたから、私はその男にむかって、オフクロに何かしたらただじゃすまんぞ、こいつ、と大声（怖かったのだろう）で叫んだ。何を小僧……、幸い近くに家の若衆がいて事なきを得たが、若衆が男を引っ張って行くと、すぐに母は私の手の甲を音がするほど叩き、二度と大人の男の人にあんな口をきいてはいけません、とそれまで見たことのないような怖い目をして言われた。

誉められると思っていた私は面喰らった。

今考えると、母は我が子に危害を加えられることを何より防ぎたかったのだとわかる。

五年程前から、妹に頼んで、母の幼い頃からの話を聞いてもらっている。

母の本当の姿を描くことで、現代の母親たちが何かを得られるのではと、いつか執筆の可能性が見つけられれば、と妹に頼んだ。

妹も知らない、驚くようなことや、同級生との切ない友情があった。

それでも踏ん切りがつかぬのは、自分の家族を、結果として誉める文章は、書くべきではなかろうと考えるからだ。十年前に父のことを書いたが、それは父が私にとって遠い存在だったからである。

どうしたものかと、今も時折、考える。

窓の外を見てごらん

東海道新幹線に乗ると、掛川駅近くに化粧品会社のS生堂の工場が見える。

下りの電車なら工場の手前、上りなら工場を過ぎて一、二秒後、まことに風情のある池がある。池は見るからに絶好の釣り場に思える。鮒《ふな》でも、鯰《なまず》でも、近くに川があるなら鱒《ます》でも迷い込んで来そうな水景をしている。

半日、あの池の畔《ほとり》に佇んでいられたらどんなに気持ちが良かろうかと思う。

この池を見たいと思う人に断わっておくが、〝のぞみ号〟なら二秒しか見えませんから。

――どうして、そんな池を見つけたか？

車窓の風景をよく眺めるからである。

〝こだま号〟なら三秒見えるかナ。

時折、若い女の人からこう訊かれる。

「伊集院さん、女性の若さって短いの？」

「そうでもありません。新幹線の〝こだま号〟に乗ったことありますか。……そう。ならご存知だと思いますが、途中の駅でうしろから来る〝のぞみ号〟〝ひかり号〟を通過させるために、ちいさい駅に停まるでしょう」

「ええ、通過待ちですよね」

「そうそう、それだよ。あの時、遠くから電車が近づく気配がすると、ほら最初にかすかに音が聞こえるでしょう」

「ええ聞こえますよね、近づいて来たって」

「それで聞こえた、来るぞ、と思う間もなくグワァーンと来て、こっちの身体がグラッと揺れたかと思うと、もう過ぎ去ってるでしょう。ワァー来るぞ、来た！ グラッ、で終る。女性の若い時って、あんな感じでしょう。アッと言う間に老婆ですよ」

「ええ〜、それって一瞬ってことですか」

「いや、グワァーン、グラッ、もういないって。それでも結構、時間はあるものです」

「おっしゃってること訳わかんないわ」

「じゃ最初から訊くんじゃないよ」

今回、連休前に取材で大阪へ出かけたのだが、同行するはずのE君の義父が急死され、独り旅になったので、東京―新大阪間の川の数と名前を書いてみることにした（暇ですって？独り旅なら仕事放っぽって、何やっても叱責されないからネ）。

以前から、こんなことよくやるかって？

わしゃ、毎日締切りに追われとる作家ですぜ。初めてに決ってるでしょう。

なぜそんなことをするのか？　理由なんぞありませんよ。アホと言うか、バカがしでかすことにいちいち理由なんぞないでしょう。

川は大小、五十河川くらい数えて、気持ちが悪くなり（ちいさい川を見逃がすまいと必死で見てたからでしょう）、途中でよした。

相も変らず馬鹿な作家である。

帰りの新幹線では、市や町村の境界がどの辺りだろうかと、窓の外を見ていた。町と町の境は、昔から河川、湖沼、峠、山などが目安となっている。だから大きな川を渡る度に、大垣に入ったな、おっ、木曽川だ！　この先岐阜か、おお名古屋だ、豊橋の先で浜名湖が見えて来て、浜松に入ったか……とこれも続けているうちに、やはり気持ちが悪くなった。

――地図を持ってくればよかったか。

私は海外へ旅する時は、事前に、その国の地図を求め、取材ノートにまず自分で地図を描いてみることにしている。地図は国全体だけでなく、街や村でもそうする。

これが訪ねた土地を歩くのにとても役に立つし、記憶がより鮮明になる。

さらに言えば、街なり村なりに着くと、まず一番高い所へ車で行き、土地全体を見回してみる。古くから都と呼ばれる土地には、必ず大きな川があり、小高い丘がある。そうして翌日、街中を歩くと、今自分がどこを歩いているかがわかり易い。

日本からヨーロッパへ飛行機でむかう時も、ロシアのツンドラ地帯を二時間近く、ずっと見ていることもある。十年前は、四六時中旅をしていた時期があり、一年で地球を五周した年もあった。そうするとツンドラ地帯に新しい道ができたことがわかったりして、あの辺りで地下資源でも見つかったのかと想像したりした。

昔、作家の村松友視さんが、東京―新大阪間が三時間半かかっていた時代、この三時間半が、本を一冊読んで、少し考えごともして、丁度イイ感じの時間と書いておられた。

私は窓の外ばかりを見ているから、アッと言う間に着いてしまう。

家人が外ばかり見ている私を見て、

――きっと小説のことを考えてるんだわ。

と長く誤解をしていたらしい。

しかし事実は、おっ、あの家、新車買ったナ。宝クジでも当たりやがったか、などとしか思ってないのである。世の中の事実はたわいもない方が多いのだ。

冬の匂い

仙台と東京を半々で暮らしていると、年に二度、そういう時節かと思いつつも、我慢というか、辛抱して暮らすことがある。

こう書くと何の話か、わかりにくいが、夏の前、冬の前の季節の支度のことである。

東京を出た夕刻はプラットホームで、少し風が冷たくなったナ、と思っていたものが仙台に着くと、足元をさらう風が冷え冷えとしている。

——そうか、もう冬か……。

子供の時分は、寒いと感じる前に、目覚めると厚手の衣服が用意してあった。

冬支度である。

私が生まれ育ったのは瀬戸内海沿いのちいさな港町であったから、肌を刺すような寒風に

当たることなどめったになかった。だから、冬支度と言っても何もかもが一変することはない。それが東京、神奈川に長く暮らし、今は仙台も生活する土地に加わると、日本の冬に対する意識が変わって来た。

冬には、特有の匂いがあるそうだ。

そのことを知ったのは、東京で今の家人と暮らしはじめた或る夕暮れのことだった。

「あっ、〝冬の匂い〟だわ」

と彼女が唐突に言った。

——今、何と言ったんだ?

そう思って、彼女を見ると、台所の壁に、そこだけが覗き口のようになったちいさな四角の窓があり、彼女は爪先立《つまさきだ》ちをして、仔犬がするように鼻を動かし、窓から入る外気を嗅《か》いでいた。

「うん、やっぱり〝冬の匂い〟だわ」

そのうしろ姿に、私は彼女の少女の頃の姿を想像した。

ほどなく晩酌をかたむけながら、私は彼女に訊いた。

「さっき窓に鼻を付けて何か言ってたね」

「ああ、あれは〝冬の匂い〟のことです」

「〝冬の匂い〟？　そんなもんがあるのかね」

「あら知らないの？　冬が来ると、夕刻、吹いて来る風の中に、他の季節にはない特別の匂いがするでしょう。その匂いを嗅いだ時、ああ今年も冬が来たんだってわかるの」

「へえー、そんなもんかね……」

会話はそこで途切れたが、何かその匂いの中に、日本人が持つ特有の、季節に対する感受のかたちがあるように思えた。

北の土地で母親が同じような言葉を娘の前で発したのかもしれないし、そうではなくて少女たちが持つ、あの独特の感受能力がその言葉を思わず発したのかもしれない。

そうしてその語感から伝わるものの中には、日々のおだやかな暮らしがあったのだろうと思った。

悪くない、季節の言葉である。

冬支度という意識は、勿論、子供の時代にはない。いつの間にか厚手のものを着て、子供たちは冬の風の中を走り出していた。すべては母なり、大人がしてくれたことだ。

私はマフラー、手袋をよくどこかに忘れて家に帰って来た。

「どこに置いてきたの？　すぐに取りに行って来なさい。あれ新調のマフラーなのよ」

少年は置き忘れた場所を思い返しながら、闇の迫る堤道を原っぱにむかって走った。やがて冬枯れの柳の木にかかったマフラーを見つけて笑い、家へむかう。手袋などは右と左が違うものをよくつけていたが、或る時、置き忘れた片方が神社の裏で見つかったりした。ようやく再会した手袋をあて、よかったのう、おまえたち、と思った。

あの手袋やマフラーは今、どこにあるのだろうか。ひと昔前まで衣類を捨てる家はほとんどなかった。近所のどこかで新しい子供たちが誕生し、彼等の手や首を、それらのものはあたためていた。

お兄チャンのオフルとか、着古しと言うのだが、子供たちはその手のものを当たり前のように着て遊んでいた。

仙台の家に、私の父が使っていたネクタイが数本ある。洒落好みの人だったから一、二度しか締めなかったものばかりだ。私はネクタイをほとんどしないが、誰か若い人がそのネクタイをして街の風の中を歩く姿を想像すると、それを仕末ができない。

私は物というものは、使われてこそ活きるもので、家の奥に仕舞われているうちは、価値がないと思っている。

物とは違うが（私にすれば物そのものだが）お金なんぞもその典型で、使ってやればいいのだ。スパッと使ってしまえば、風通しも良くなり、せいせいした気分になる。そう言えば、もうすぐ年の瀬である。毎度、私の年越しは実に風通しがイイ。ヤセ我慢と言われようが、その方が元旦の空もまぶしくて気持ちがよろしい。

ガラクタの人生

ガラクタという言葉がある。

使い道がない、元の機能、価値のなくなった道具類や、雑多な品物をいう言葉だ。

家の大掃除などをしていて、押入れの奥や納戸、収納庫の隅から出てきたものを、

「オーイ、そのガラクタ捨ててこい」

などと大人が口にするものである。

少年の頃から、なぜか私は、大人たちがガラクタと呼ぶものに目がむいてしまい、それを内緒で仕舞っておいたりした。

我が家は女系家族で、まだ赤ん坊の弟を除くと、母屋に、女七人、男一人という恰好で、それを見た父が、「男児を女の中で育てちゃいかん。息子を母屋から出せ」と言い、私は六

歳でいろんな人が住む棟で独りで寝起きをした。

独り部屋は大人の目がないので、ガラクタを隠すには都合が良かった。しかし所詮子供の頭である。箱に隠しておいたガラクタをお手伝いの小夜が見つけ、「何ですか！　これ？こんなゴミどこから持って来たんですか」

「ゴミじゃないよ。あっ、触《さわ》っちゃダメだ」

小夜が母に告げ口し、母がやって来た。

母は黙って箱の中身を見て私に言った。

「大事なものなの？」

私がうなずくと、腐敗するものは不衛生だからと（ネズミや虫の死骸）捨てさせ、残った中からボタンをひとつ手に取り「あら、綺麗な色のボタンね。コートのボタンかしら」と陽光にかざして眺めた。私は安堵した。

これが父であったら「こんなもんをどうしたんだ？　男児のすることか！　バカタレが」と怒鳴られて、すべて放棄されただろう。

それでも父も、そう簡単に物を打ち捨てたりしなかった。まだ使えるものは修理小屋と子供たちが呼んでいた庭の隅の建物の箱に仕舞っていた。たとえば奇妙なカタチの鉄の管《かん》（パイプ）などである。

仙台の家の、私の仕事場の机の上には大小の箱が置いてあり、カミキリ虫の死骸や鳥の骨、ヒシの実などさまざまなガラクタが入っている。我が家に家事の手伝いに来て下さるトモチャンは最初、それを見てキャッとちいさな声を上げたそうだ。家人が言った。

「あの人が大事にしてるものだから、それはそのままでいいわ」「これをですか？」「そう、頭の中から勝手に文章が出て来るんだから、そりゃ少し変わってるでしょう」

〝他人にゴミに映るものが、或る人にはかがやくものに見える〟ガラクタか、そうでないかの基本はここにある。価値観の差だ。

仙台の仕事場からキッチンへむかうとわずかな廊下があり、その脇の棚にもガラクタが並んでいる。木片、大小の石、木の実、表皮が擦りへった野球ボール、陶製の漁師の人形、……どれも使い道はない。この三十数年間の海外旅行の際、ポケットに仕舞って持ち帰ったものだ。後半はほとんど、バカ犬の土産品だったが、木片など鼻を近づけ横をむく。

「バカだね、おまえは、この良さがわからないようじゃ、犬としての情緒がないんだぜ」

ところが東北一のバカ犬にも妙なところがあって居間のソファーの下にギュウギュウ詰めで仕舞ってあるぬいぐるみに頭を突っ込んで、これでもない、あれでもないと真剣な目でひとつの古い人形をくわえて出て来る。

「ほうっ、ノボさん、本日はこのワニが気に入ったわけですか」

私の言葉など無視で、早く投げろと吠え立てる。投げれば一直線に突進。くわえて戻って来て、しばらく振り回している。

「ノボよ。いくら相手がワニと言っても、あのたくさんの中から選んだ友達じゃないか。もう少しやさしくしてやれよ」

バカ犬とワニを見ながら、どういう風の吹き回しで、ガラクタ同然のワニを選び、遊ぼうとしたかを、私はこの犬の〝かがやくもの〟として喜んでしまうのである。

私の短い半生の、半分近く、私は世間からガラクタのように見られて来た。こう書くと嘘と思われるかもしれないが、事実である。

「あんな男見るのも嫌だ。ただの酔い泥れの博奕打ちでしょう。ガラクタよ」

そういう目で私を見た男と、女はゴマンといた。承知で歩いて来た。同じ目で見られる人に逢うと、気が合うかと言うと、これが本当にゴミだったりするから不思議だ。

それでも〝かがやくガラクタ〟と数人出逢った。やさし過ぎる人が多かった。しかしガラクタたちは皆もう逝ってしまった。

バカ犬は子供の頃、近所の子供たちから
「何だよ、この犬ショボショボじゃねぇか」

と言われ、皆貴公子の兄チャン犬を撫でていた。私はバカ犬を手招き、耳打ちした。

「ガキはバカだね。おまえの良さが見えないんだから。ショボショボか、表現は合うナ」

私たちはガラクタだが、いつもこの世界を救わねばと覚悟はしている。

何を言い出すやら……、このガラクタ作家は。

逢えてよかったんだ

盆会《ぼんえ》である。お盆でもよろしい。

故郷のある人は帰省する。

日本の各地、あちこちの交通網が渋滞しているにもかかわらず、日本人は故郷にむかう。

若い頃は、なぜあんなに混雑するのに、同じ時期に、故郷にむかうのかわからなかった。

道路、電車の渋滞のニュースを聞きながら、

——少し期日をずらせばいいのに、バカだナ……。

と思ったが、今はそう思わない。

亡くなった人の魂《たましい》が夏の数日しか家に帰って来ないからだ（本当かね）。

せっかく帰って来てくれるのだから、親しかったし、世話になったし、自分のことを誰よ

り大事にしてくれたし……。人に依っては迷惑をかけられた輩も、借金だけ残して行った猛者もいよう。まだ憎たらしい、逢えるものなら一発ぶん殴ってやる……。

さまざまな思いで、人々は亡くなった人を迎える。

初盆の人もいる。こちらはまだ別離に整理がつかない人が多い。

気持ちが落着くには二年（三回忌）、六年（七回忌）かかる。三と七は（合わせてブタだが）まことによく出来た歳月、数字である。

いとしかった人、今もいとしく思う人と再会できるのなら、盆会は特別な時間となる。

子供の時、盆会がなぜあるのかわからず、私と弟は母に、盆会が何なのかを尋ねた。

「亡くなった人が私たちに逢いに来るのよ。お盆になると、家に帰って来られるの」

「えっ！　お化けが来るの？　母チャン」

弟が驚いて言った。

「お化けは来ないわ。お化けは悪いことをした人がお化けになるの。ウラメシヤ〜」

そう言って母は両手をスーッと上げた。弟は私の腕をつかんだ。

我が家で言うと、東北一のバカ犬のお兄チャン犬が帰ってくる。いつも盆会の時期、私は仙台の家でなぜか徹夜で仕事になる。

夜半、家の中をアイス（お兄チャン犬）が歩いている気配はしない。聞こえるのは足元で寝ているバカ犬のイビキだけである。

ひと昔前（この表現は十五年から三十年です）、居候うさせてもらったネエチャンが私と暮らしはじめて言った。

「あんたと居ると、〝金縛りも霊も〟出て来ないのよ。あれじゃうるさくて退散すんのね」

私のイビキと歯ぎしりは半端ではなかったらしい。

――その手のことでお悩みの方は、イビキと歯ぎしりをお持ちの野郎と暮らしなさい。

もっともうるさくて寝られないだろうが。

だからと言ってアイスが家に立ち寄らぬこともない。

今年の六月の早朝、ゴルフに出かける車中から、無事にコースにむかっている旨を家人に報せると、声の様子がおかしかった。

「どうしました？」

「今さっき、夢にアイスが……、庭の木々の奥の方でぽつんと居て、手招きしたのですが、来ませんでした……」

涙声である。二十数年の間で彼女が泣いたのは数度しかない。親と、アイスとの別離と震災地を訪ねた時だけである。

「逢えてよかったじゃないか」

「そうだね、元気そうだったし……」

その日のゴルフは大叩きであった。

――あの犬メ～。

仏壇に線香を焚き、燈明《とうみよう》を点《とも》し、皆して墓参へ出かける。

妙な話だが、墓参へ行った人、行って来たと報告する声は、どの人の表情も、声も、どこか清々《すがすが》しいものに映るし、聞こえる。

何か大切なことを今日はしました、という感じである。

――あれは何だろうか？

私が考えるに、あの表情、声は、人間が安心、安堵を覚えた折にあらわれるものではないのだろうか。まず間違いはあるまい。

安堵を得ることとは人の普段の暮らしの中でそんなにあるものではない。それほど人間は少し間違うと、不安をともなう領域のそばで生きているのだろう。それを解消してくれたり、忘れさせてくれるのが家族であり、友であり、隣近所……つまり自分以外の人々なのだ。

よくしあわせはどんなものか、と訊く人がいるが、そんなもの知っている者はいない。ただ安心、安堵を感じる周辺に、しあわせに似たものがある、と私は信じている。

父は少年の私に、「大丈夫だ、と言える男になりなさい」と言った。それも安堵とつながるかもしれない。

家人にとってアイスが、両親が、それを与えてくれていたのだろう。誰かをしあわせにするなどと、だいそれたことは考えずに、まずは心配をかけなさんナと言いたい。

深夜、母の言葉を思い出し、イビキをかいていたノボを足先で起こした。

「私も、おまえもどうやらお化けになるナ」

何のために生きるのか

チビという名前の犬が、子供の私がものごころついて初めて触れた犬だった。

チビは名前のとおり、身体がちいさな雑種犬だった。

それでも犬好きで、頑強なものを好《この》む父親がどこからかもらって来た犬で、生涯で八匹の仔犬を産み、我が家の中で母犬として威風を放っていた。それぞれの仔犬を姉妹たちが自分の犬のようにしていた。余った犬はどこかへもらわれていった。しかし所詮は子供の犬の扱いであるから、父親が帰宅すると、犬たちはいっせいに吠え、父の足元で尾を振り、甘えた声を出し、犬によっては遠吠えまでをした。

父はなぜか動物をはじめ、生きものに好かれた。散歩に出かけると鶏《ニワトリ》が一羽、父のあとをついて来て、そのまま庭先にいた。

「もう家へ帰りなさい」

と母が言っても、鶏は平然として葡萄の木の下の切り株の上に立って、ここが自分の家だという表情をしていた。

「帰ろうとしませんが……」と母が父に言うと、父は母に切らせた大根の葉を鶏にやって、何やら相手に話しかけていた。

「ねぇ母さん、お父《とう》やんは鶏と話せるの？」

少年の私が訊くと、母は笑って言った。

「きっとそうでしょう。ああやって何か話していらっしゃるんですから……」

父は人間に話すように鶏に話をしていた。

私は子供心に動物と、あのように接すればいいのだと思った。

チビが産んだ仔犬の中に、真白い仔犬がいて、シロと名付けられた。私はこの犬と長く過ごした。中学生から高校生の間だった。

私は野球少年であったから、中、高校と野球部に所属し、高校生になると、早朝ランニングをするようになった。

夜明け方、起きて干拓《かんたく》地のある砂浜にむかった。シロも待ちわびていたように走り出した。私の足音とシロの足音だけがして、冬の朝などふたつの白い息が流れていた。五キロ先の砂浜に着くと、そこで体操し、砂に手を埋めて腕立て伏せや腹筋をした。

そうしてトレーニングが終ると、二人?して沖合いを眺めた。

「シロ、わしは春になったら、もっと速い球を投げられるじゃろうか?」

「弟はどうしてサッカーをはじめたのかの」

そんなことをシロに話すと、シロは、私の顔を見て、尾を振った。

言葉は返って来なくとも、彼にだけ私は自分の不安や心配事、そして夢を話していた。

シロが亡くなったのは、高校三年生の晩秋だった。皆が横たわるシロを囲んで、父が抱き上げるとシロは目を閉じて死んだ。

父と二人してシロを干拓地に埋めに行った。二人して穴を掘り、最後に父が抱くようにして穴の底に置いた。父は土をかける前にしばしシロを見つめていた。

今、思えば、シロが亡くなった時、子供たちは一様に泣いていたが、一番悲しかったのは父ではなかったかと思う。

一匹の犬の生涯と人がともに過ごすということは、大人にとっても子供にとっても、生きることはどういうことかをおのずと考えさせられるものだ。

仙台の仕事場に一葉の古い写真がある。

そこには若かった母と、私と弟のそばにチビとシロがおさまっている。弟は寝転がったシロのお腹を撫で、私は少し気難しそうな顔で（写真が苦手だった）カメラの方を見ている。母は笑顔で、少し照れ臭さそうにしている。その横にチビだけが、凜とした立ち姿でおさまっている。父が撮ったのである。

私の犬に対する接し方は、父から学んだものだが、シロとはずっとそうして来た。

奇妙なことだが、不安や心配事を打ち明けた時間があり、それを聞いてくれた相手がいたことはしあわせな時間であったのだろう。

以前も書いたが、私は犬が遠くを眺めている表情が好きである。どこか人間と同じ生きものに思える。哲学的なものも感じる。

七年前、あの大震災のあった日の夜、余震で家屋を飛び出し、庭先に立つと満天の星がかがやいていた。

私はこの美しさを酷いと思った。

――どうしてこんなに美しいんだ。これでいいのか、自然というものは……。

家人と私がそれぞれ抱いた犬も星を見上げていた。

兄チャン犬は家人の言う天国へ召され、残った東北一のバカ犬は、少し悪い足を引きずりながら歩いている。居眠りの時間も長くなった。

私がこの愛犬に十四年間、話して来たことは彼の魂とともにどこかへ失せるのだろうか。

そうではない。彼と私の時間は、私の中にも、彼の中にも生き続けるだろう。

夜半、目覚めて、水を飲みに行こうとすると何かを踏んだ。匂いを嗅いだ。

「何だよ。これウンチじゃないか」

ちいさなウンチをバカ犬は就寝中にやる。

「おい、私の枕元でどうしてこうするの？」

バカ犬はただイビキの音を上げ、しあわせそうに部屋の隅で夢を見ている。

【著者略歴】

◉１９５０年山口県防府市生まれ。72年立教大学文学部卒業。

◉81年短編小説『皐月』でデビュー。91年『乳房』で第12回吉川英治文学新人賞、92年『受け月』で第１０７回直木賞、94年『機関車先生』で第７回柴田錬三郎賞、２００２年『ごろごろ』で第36回吉川英治文学賞をそれぞれ受賞。

◉16年紫綬褒章を受章。

◉作詞家として『ギンギラギンにさりげなく』『愚か者』『春の旅人』などを手がけている。

◉主な著書に『白秋』『あづま橋』『海峡』『春雷』『岬へ』『美の旅人』『羊の目』『スコアブック』『お父やんとオジさん』『浅草のおんな』『いねむり先生』『なぎさホテル』『星月夜』『伊集院静の「贈る言葉」』『逆風に立つ』『旅だから出逢えた言葉』『ノボさん』『愚者よ、お前がいなくなって淋しくてたまらない』『無頼のススメ』『東京クルージング』『琥珀の夢』『日傘を差す女』。

初出　「週刊現代」２０１７年２月11日号〜２０１８年10月６日号
単行本化にあたり抜粋、修正をしました。

N.D.C. 914.6　191p　18cm
ISBN978-4-06-514116-8
誰《だれ》かを幸《しあわ》せにするために　大人《おとな》の流儀《りゅうぎ》　8
二〇一八年十一月五日第一刷発行
著　者　伊集院静《いじゅういんしずか》　
発行者　渡瀬昌彦
発行所　株式会社講談社
東京都文京区音羽二丁目一二―二一　郵便番号一一二―八〇〇一
電　話　編集　〇三―五三九五―三四三八
販売　〇三―五三九五―四四一五
業務　〇三―五三九五―三六一五
印刷所　凸版印刷株式会社
製本所　大口製本印刷株式会社
定価はカバーに表示してあります　Printed in Japan